Wilfried Huchzermeyer

Die heiligen Schriften Indiens

Geschichte der Sanskrit-Literatur

edition sawitri

Karlsruhe

Umschlagmotiv: Krishna unterweist Arjuna (Bhagavad Gita)

Verlag W. Huchzermeyer
Lessingstraße 64
D-76135 Karlsruhe
sawitri@t-online.de

www.edition-sawitri.de

4. Aufl. 2021

ISBN 978-3-931172-22-0

Druck: Sowa Sp. z o.o., Piaseczno

INHALT

VORWORT

Seit der Mitte des 20. Jahrhunderts besteht im Westen ein wachsendes Interesse an indischer Literatur und Spiritualität. Texte wie die Bhagavad Gita wurden in zahlreichen Übersetzungen veröffentlicht, und das Mahābhārata wurde durch eine aufwendige Theater-Inszenierung weltweit bekannt.

Die besonderen Qualitäten der Sanskrit-Sprache haben wir bereits in unserem Titel *Erlebnis: Sanskrit-Sprache* ausführlich abgehandelt. Im vorliegenden Werk sollen die wichtigsten heiligen Schriften der altindischen Sprache vorgestellt werden, wobei auch philosophische Texte mit spiritueller Thematik einbezogen sind. All diese Texte haben gemeinsam, dass sie den Menschen eine Botschaft für ihre Selbst-Findung und Selbst-Verwirklichung bieten.

Dabei wird ein sehr weites Spektrum erfasst, das vom nüchtern-analytischen Erkenntnisweg des Sānkhya bis zur leidenschaftlichen Gottesverehrung der vischnuitischen Purānas reicht. Einige Schriften wie das Yogasūtra und die Hatha Pradīpikā wurden besonders ausführlich dargestellt, um dem Interesse der vielen Yoga-Anhänger unter unseren Lesern zu entsprechen.

Zu fast allen Themen liegt eine umfassende Sekundärliteratur in deutscher Sprache vor, die von interessierten Lesern zur Vertiefung des Studiums herangezogen werden kann. Entsprechende Hinweise finden sich in einigen Fußnoten wie auch im Literaturteil.

Der Zweck dieser Studie war nicht so sehr eine detaillierte Abhandlung als vielmehr eine generelle Einführung, die einen guten Einblick und Überblick verschafft. Wir hoffen zudem, dass das sorgfältig erstellte Register das Buch zu einem nützlichen Nachschlagewerk macht. Mit seiner Hilfe kann die die Bedeutung von Sanskrit-Wörtern erschlossen werden, die in der Regel bei der ersten Erwähnung erklärt werden. Das Glossar erläutert zusätzlich einige häufig vorkommende Wörter (sowie Eigennamen), deren Kenntnis generell hilfreich ist bei der Lektüre indischer spiritueller Literatur.

Wilfried Huchzermeyer

Die Veden

Das Wort „Veda“ hat für viele Inder bis heute einen magischen Klang. Es ist das Ur*wissen* aus unvordenklicher Zeit, offenbart und mitgeteilt von den Rishis oder Sehern. Sie empfingen die heiligen Worte in ihrer inneren Schau und brachten sie in inspirierten Hymnen zum Ausdruck. Jahrtausendelang wurden die Texte dann mithilfe einer perfekten Gedächtnistechnik überwiegend mündlich von Generation zu Generation weitergegeben und erst ab dem 19. Jahrhundert durch den Buchdruck dauerhaft schriftlich fixiert.

Freilich ging im Laufe der Zeit der Schlüssel zum Verständnis verloren, und auch die Übersetzungen waren nicht immer hilfreich. Nur unzulänglich vermittelten sie den hohen spirituellen Wert dieser heiligen Schrift. Manche westliche Gelehrte vermochten gar bei der ersten Lektüre nicht mehr zu entdecken als schlichte Äußerungen eines Nomadenvolkes mit vereinzelten beachtlichen Passagen.

Doch diese unaufgeschlossene Sichtweise sollte sich im Verlaufe eines gründlicheren Studiums wandeln. So schrieb der Indologe Herman Lommel über den Rigveda: „Er ist aber nicht nur das große, reichgeschmückte Eingangstor zu dem gewaltigen Tempel indischer Religionen; durch den Reichtum seiner Bezeugungen ist er ein für die Religionsgeschichte der Menschheit überhaupt lehrreiches Beispiel einer kraftvollen frühen Stufe.“[1] Und Helmuth v. Glasenapp erklärte in seiner Literaturgeschichte, dass die geschickte Benutzung des Metrums zum Hervorbringen von Stimmungen, die treffenden Vergleiche, die lebendige Art der Schilderung und starke Phantasie „einzelnen Hymnen [des Rigveda] einen Ehrenplatz in der Geschichte der Dichtkunst aller Zeiten sichern.“[2]

Die westliche Indologie glaubt, dass sich die vedische Kultur im Anschluss an eine „arische Einwanderung“ ca. 1500 v. Chr. ent-

---

[1] *Gedichte des Rig-Veda* (München 1955), S. 14

[2] *Die Literaturen Indiens* (Stuttgart 1961), S. 53

wickelte. Allerdings weiß die indische Tradition nichts von einer solchen Einwanderung, und es gibt auch keine substantiellen Beweise dafür, eigentlich nur unsichere Vermutungen und Schlussfolgerungen, die zum indologischen Standard wurden, weil eine große Mehrheit von Wissenschaftlern sie als glaubhaft akzeptierte.

Einige indische und westliche Gelehrte und insbesondere Yogis wiesen diese Hypothese dagegen entschieden zurück. Sie führen Belege dafür an, dass die vedische Zivilisation bereits ca. 3000 v. Chr. existierte. Dabei werden Argumente aus der Astronomie, Philologie ebenso wie Archäologie ins Feld geführt, und es ist zu diesem Thema eine sehr umfangreiche Literatur entstanden. Vor allem jüngere Forschungen zum Fluss Sarasvatī stützen die These einer zeitlich viel älteren vedischen Zivilisation. Obwohl dieser Fluss ohne Frage bereits ca. 2000 v. Chr. austrocknete, wird er in Rigveda II.41.16 besungen als „beste Mutter, bester aller Flüsse, beste der Göttinnen." Warum aber sollten die vedischen Inder, wenn sie mutmaßlich erst viele Jahrhunderte später lebten, diesen längst versiegten Fluss so enthusiastisch besingen?[3]

Aber noch wichtiger als die Datierung des Veda ist für uns sein richtiges Verständnis. Der Integralyogi Sri Aurobindo glaubte, dass die vedischen Seher ihre Erkenntnisse in eine bestimmte Sprache kleideten, die sich uns nur erschließt, wenn wir die verborgene Bedeutung der Worte begreifen. In Rigveda IV.3.16 finden wir den Beleg für Sri Aurobindos Sichtweise:

„All dies sind geheime Worte, die ich [der Rishi Vāmadeva] dir, der du das Wissen hast, mitgeteilt habe, o Agni, o Verfüger, Worte der Anleitung, Worte des Seher-Wissens, *die ihren Sinn dem Seher verraten.* Ich habe sie ausgesprochen und in meinen Worten und Gedanken beleuchtet."

Vielleicht hilft uns der folgende Vergleich zu verstehen, worum es hier geht: Wenn ein Gelehrter ohne jede Kenntnis von Tantra oder Esoterik in einem Text von einer „Cakra-Meditation" liest, so würde er von der Grundbedeutung *cakra* - Rad, Kreis ausgehen und vermu-

---

[3] Ausführlich wird dieses Argument in dem Buch *Erlebnis Bhagavad Gita*, S. 24-25, dargelegt. Siehe auch den ausgezeichneten Artikel von David Frawley in *Yoga aktuell*, 3/2000, S. 52-55.

ten, es handele sich um eine Meditation, bei der die Meditierenden im Kreis sitzen. Ein anderer Gelehrter, der mehr intuitiv an den Text herangeht, wird erklären, es handele sich wohl um eine Meditation, bei der die Gedanken wie in einem Kreis gesammelt werden, womit er der wahren Bedeutung schon viel näher kommt. Aber der eigentliche Sinn würde sich ihm nur vollständig erschließen, wenn er die Energiezentren im feinstofflichen Körper selbst schaut und erfährt.

Als Sri Aurobindo sich zu Beginn des 20. Jhs. intensiv mit der Götterwelt des Rigveda beschäftigte und viele Hymnen übersetzte, fand er den Schlüssel zu ihrem spirituellen Verständnis. Es wurde ihm deutlich, dass die Götter und ihre Funktionen als Chiffren verwandt wurden, um bestimmte innere Erfahrungen auszudrücken. Die Sprache der Rishis war bewusst verschlüsselt, um den Nicht-Eingeweihten den Zugang zu ihrem geistigen Wissen zu verschließen und dadurch Missbrauch zu vermeiden. Es sei daran erinnert, dass viele geheime Yoga-Techniken und esoterische Praktiken erst im Laufe des 20. Jhs. enthüllt wurden.

Sri Aurobindo erläuterte seine symbolische Deutung anhand zahlloser Textbeispiele in seinem Werk *Das Geheimnis des Veda*. Diese Deutung werde ich im folgenden zugrundelegen, doch gleichzeitig werden auch die äußeren Aspekte des Wesens und Wirkens der Götter erörtert.

Das vedische Pantheon

Gemäß dem Rigveda gibt es insgesamt 33 Götter und Göttinnen, davon je 11 im Himmel, auf der Erde und im Wasser. Einige gemeinsame Merkmale sind, dass sie in leuchtenden Wagen fahren, keinen Schlaf benötigen und „Soma“ trinken.

Individuelle Charakterzüge existieren, sind aber relativ wenig ausgeprägt. Jeder Gott erfüllt - mit fließenden Übergängen - bestimmte Aufgaben. *Parjanya* z.B. ist der Regen als solcher, der inmitten von Blitz und Donner die Pflanzen mit seinen Wasserströmen nährt, während die *Maruts* die Regenbringer sind, die die Wolken „melken“. Auch *Soma* wird in Verbindung mit dem Regen gesehen, weil er in ihm die Fruchtbarkeit bewirkt und alles Leben vitalisierend durchströmt.

Hinter der Vielfalt der Götterwelt steht Das Eine, *tad ekam*, das letztliche Ziel der Seher auf ihrem inneren Pfad. So sagt der Rishi Dīrghatamas: „Indra, Mitra, Varuna, Agni, so nennen sie ihn... *Das Eine Seiende benennen die Weisen auf vielfältige Weise.*" (RV. 1.164.46)

Im folgenden werde ich fünf bedeutende Götter und Göttinnen und ihre Funktionen vorstellen: Indra, Soma, Agni, Ushā und Sarasvatī. Die Übersetzungen der jeweiligen Rigveda-Zitate erfolgten auf der Grundlage von Sri Aurobindos freien englischen Übertragungen. Da zahlreiche Wörter des vedischen Sanskrit mannigfache Bedeutungen haben können, werden sie je nach Verständnis des Interpreten verschieden wiedergegeben.

Indra und der Soma-Wein

„Komm, Indra, zu unseren Soma-Gaben. Trinke, Soma-Trinker, vom Soma-Wein. Der Rausch deiner Verzückung schenkt fürwahr das Licht." (RV. 1.4.2)

Indra ist zusammen mit Agni die wichtigste Gottheit im Rigveda. Der Götterkönig wird beschrieben als imposante Gestalt mit bullenhaften Armen und großen Händen sowie einem herabwallenden Bart. Schon von Geburt an, so heißt es in den Hymnen, hat er den Soma-Wein getrunken. Er ist mächtig und mutig, bisweilen auch wütend oder ungestüm. Als vortrefflicher Wagenlenker zieht er mit der Wurfkeule, dem Vajra, gegen die feindlichen Mächte in den Kampf und erwirbt dabei reichlich Beute an „Kühen" und „Rossen".

Seine Gegner sind die Dasyus, nach Auffassung vieler Indologen „die dunklen, nicht-arischen[4] Vorbewohner Indiens". Tatsächlich sind die Dasyus die Kräfte der Unwissenheit und Dunkelheit, die das Licht und die Wahrheit hassen. Zu ihnen gehören die Panis, die den Sehern insbesondere „Kühe" vorenthalten, und die Vritras, die

---

[4] Abgeleitet von Skrt. *ārya*, was einen noblen Charakter bezeichnete und mit einem bestimmten Volk oder einer Rasse nichts zu tun hatte, aufgrund einiger Missverständnisse und Fehlinterpreationen jedoch zu dieser Bedeutung gelangte.

„Hemmer“, die das Wasser und das Licht abfangen.

Indras Helfer und Freunde sind die Maruts, die Windgötter. Sie loben und kräftigen ihn durch ihre Gesänge. Als jugendliche, herrlich geschmückte Brüder fahren sie mit funkelnden Lanzen auf goldenen, von Falben oder Antilopen gezogenen Wagen. Indra selbst reitet auf weißem oder braunem Pferd, später auf dem weißen Elefanten Airāvata. Er trägt den doppelten Dreizack, mit dem er im esoterischen Sinn die Wolken der Unwissenheit vertreibt.

Dies führt uns bereits zu der symbolischen Deutung, in der Indra das erleuchtete Denkbewusstsein ist, der Lichtbringer, die Geisteskraft. Wenn er „Kühe“ (Sanskrit *go*) aus verborgenen Höhlen befreit, so handelt es sich nicht um eine für den Götterkönig recht seltsame Freizeitbeschäftigung. Vielmehr bedeutet es, dass Strahlen des Lichts freigesetzt werden aus unterbewussten Schichten des menschlichen Wesens, denn im Veda steht *Kuh* stets für das *Licht* und seine Strahlen. *Rosse* sind dynamische Kräfte auf der vitalen Ebene, die von Indra aktiviert werden.

Der Soma-Wein ist nicht ein Rauschmittel oder eine Droge, wie oft vermutet wird. Es ist der Wein der Unsterblichkeit, *amrita*, und entspricht griech. *ambrosia*. Es ist der göttliche Ananda, die Wonne, die verborgen allem Sein zugrundeliegt. Wenn im Verlaufe der inneren Transformation die Freude der Sinne erhöht wird zur All-Wonne, so wird der Soma-Wein erfahren. Damit soll nicht gesagt werden, dass es keine Soma-Pflanze als solche gegeben hätte, die ausgepresst und geseiht und deren Saft getrunken wurde. Aber wenn Götter den Saft der Unsterblichkeit trinken, so handelt es sich gewiss um ein Bild, das symbolisch zu deuten ist.

Im eingangs zitierten Vers wird Indra, das erleuchtete Denkbewusstsein, gerufen, vom Soma-Wein zu trinken, d.h. der Rishi lädt es ein, teilzuhaben an der göttlichen Daseinswonne und sie auszudrücken, was zu einer berauschenden Ekstase der Inspiration führt, wobei frühere Grenzen und Konditionierungen des Denkens überwunden werden.

Abschließend sei noch erwähnt, dass Soma auch als Gottheit gesehen wird, die ihren Verehrern gute Gaben bringt, Feinde abwehrt und Not fernhält. Er ist der Herr des Weins der Wonne, des Weins der Unsterblichkeit. Wie Agni findet er sich in den Pflanzen, im Wachstum auf der Erde und in den Wassern und wird auch als Mondgott bezeichnet, weil der Mond als Ursprung der himmlischen Wasser galt.

Agni - das Feuer

„Diese Flamme des Willens leuchtet auf mit dem weiten Licht der Wahrheit und macht alle Dinge offenbar durch seine Größe." (RV. 5.2.9)

Agni ist verwandt mit lat. *ignis* und bedeutet Feuer im weitesten Sinne des Wortes. Es ist das Feuer, das in der Sonne glüht oder den Wald verschlingt. Agni ist auch das Opferfeuer, das die Gaben zu den Göttern trägt. Als solcher vermittelt er zwischen Göttern und Menschen, wird auch „Unsterblicher in Sterblichen" genannt. Den Menschen ist er ein Schirmherr, Helfer und Wohltäter, der die feindlichen Kräfte mit scharfem Auge erspäht und versengt. Er ist flammenhaarig, sein Antlitz voller Licht und er wird mit ein bis drei Gesichtern dargestellt, oft mit Bart oder widderköpfig.

In der symbolischen Deutung ist Agni von größter Wichtigkeit. „Als flammende Kraft der Erkenntnis kommt er herab, um die Welten zu errichten. Er lässt sich in ihnen nieder als verborgene Gottheit und veranlasst Bewegung und Handlung. Diese göttliche bewusste Kraft enthält alle anderen Gottheiten in sich, wie die Nabe eines Rades seine Speichen enthält", schreibt Sri Aurobindo. Als Seher-Willen im Universum lenkt Agni alles, was er vollbringt, durch das Licht der Wahrheit in sich.

Die Flamme Agnis muss der Opferer entfachen, der seine Gaben zu den Göttern bringen will. Wenn Agni im Menschen erwacht, ist er zunächst wie eine von Rauch verdunkelte Flamme. Der Rauch des vitalen Willens, der Leidenschaften, wird geläutert und zur Stufe der geistigen Ebene geführt. Am Ende führt Agni zum Gesetz der Wahrheit und Freude. In der bildreichen Sprache des Rigveda ist er der verzückte Priester des Opfers, der schlaflose Bote, der Seher mit den flammenden Haaren, das göttliche Kind. Er ist der Sohn des Himmels von der Mutter Erde, das psychische Feuer in unserem Herzen, das, wenn es brennt, uns auf unserem jeweiligen Weg voranbringt.

Ushā - die Morgendämmerung

Viele Hymnen an diese Göttin sind voller dichterischer Schönheit und können teils ohne jede Dechiffrierung verstanden werden, z.B. die Hymne 5.80.1. Einige weitere werden im Abschnitt „Leseproben" wiedergegeben.

„Morgendämmerung der leuchtenden Reise, Morgenröte, Königin der Wahrheit, weit mit der Wahrheit, wie weit reicht der Glanz ihrer rosigen Glieder, - göttliche Morgenröte, die den Himmel des Lichts mit sich bringt! Sie beten die Seher mit ihren Gedanken an."

Ushā wird im Rigveda beschrieben als schöne, immer junge Frau, als Tochter des Himmels, Geliebte der Sonne und Schwester der Nacht. Reich geschmückt, fährt sie auf einem von rötlichen Rossen oder Kühen gezogenen Wagen. Sie vertreibt die Finsternis und bringt der Menschheit Segen.

„Sie ist die erste Grundbedingung für die vedische Verwirklichung. Durch ihre zunehmende Erleuchtung wird das ganze Wesen des Menschen geläutert, durch sie gelangt er zur Wahrheit, durch sie erfreut er sich der Glückseligkeit", schreibt Sri Aurobindo in seinem Kommentar. Als göttliche Morgendämmerung kommt sie zur Seele mit dem Licht ihrer Erkenntnis und offenbart ihre reichen Gaben.

Die Göttin Sarasvatī

„Sarasvatī erweckt durch das ständige Wirken der Inspiration die große Flut der Wahrheit und erleuchtet vollständig alle Gedanken." (RV. 1.3.12)[5]

---

[5] Auf der Grundlage von zwei Texten Sri Aurobindos wurde dieser Vers hier sehr frei und interpretativ übersetzt. Der erste Teil des Verses lautet mehr wörtlich übertragen: „Saraswatī erweckt durch die Wahrnehmung im Bewusstsein die große Flut."

Sarasvatī ist heute noch im Hinduismus als Göttin der Wissenschaft und Kunst bekannt. Sie wird gern mit der Stabzither (Vīnā) dargestellt und gilt auch als mythische Schöpferin der heiligen Sanskrit-Sprache.

Sarasvatī bedeutet „die Strömende", sie ist eine von sieben Flüssen, und wird verehrt als Schützerin und Bezwingerin, als Gönnerin von Gebeten und Dichtungen. Sie ist der Fluss der Inspiration, der vom Wahrheitsbewusstsein herabströmt, das göttliche Wort, das „Wahrheitshören".

Die Verknüpfung von Wasser und Inspiration finden wir auch in der griechischen Legende des Rosses Pegasus, das mit seinem Huf gegen den Fels des Helikon schlug und so die Quelle namens Hippu krene („Rossquell") schuf. Helikon, ein Gebirge in Boiotien, war den Musen geweiht: von daher die Bedeutung „Dichterross" als Symbol des dichtenden Geistes. Das Bild des Felsens, aus dem die Wasser der Inspiration freigesetzt werden, findet sich auch im Rigveda. In der symbolischen Deutung ist es das blockierte physische Bewusstsein des Menschen, in dem der belebende Soma-*Strom* aktiviert wird.

In diesem Zusammenhang ist es bezeichnend, dass amerikanische Psychologen, die sich mit dem Wesen des „Glücks" beschäftigten, dabei den Begriff *flow* als entscheidendes Element entdeckten: Solange der Mensch unbeeinträchtig eine Art Fließen der Inspiration empfindet (und sei es auch nur ein kleiner, ferner „Nebenstrom" der Sarasvatī), ist er subjektiv glücklich.

Mit diesem tieferen Verständnis der vedischen Götter werden wir auf eine zeitlose Ebene geführt. Sie spiegeln ewige psychologische Wahrheiten wieder, die vor sehr langer Zeit von den vedischen Rishis erkannt wurden und sich auch jetzt noch als gültig und relevant erweisen, sofern wir nur den Schlüssel zu ihrer Bedeutung haben.

Die Veden - Weitere Informationen

Der Begriff „Veden" umfasst im weitesten Sinne die Gesamtheit der ältesten Texte der Hindus, die gemäß Tradition von den Rishis oder

Sehern als göttliche Offenbarung (*shruti*) geschaut wurden. Die ursprünglichste Schicht dieser Literatur sind die sogenannten Samhitās, d.h. wörtlich „Sammlungen“, an die sich im Laufe der Zeit die Brāhmanas, Āranyakas und Upanischaden anschlossen. Darauf folgten die Sūtras des Vedānga, welche bereits nicht mehr als *shruti* gelten, sondern als *smriti*, d.h. vom Menschen herrührende Tradition. Es ist zu beachten, dass im allgemeinen Sprachgebrauch der Begriff Veden oft nur im engeren Sinne die Samhitās bezeichnet und dementsprechend von Veden, Brāhmanas und Upanischaden gesprochen wird.

Am bekanntesten ist die Rigveda-Samhitā, die aus 1028 Hymnen besteht und in zehn Bücher oder Mandalas gegliedert wird. Ferner gibt es noch die Samhitās des Sāma-, Yajur- und Atharvaveda. Während der Rigveda spirituelle Hymnen wie auch Schöpfungsmythen enthält, finden sich im Sāmaveda liturgische Lieder, die überwiegend auf den Rigveda zurückgehen und die Darbringung des Soma-Opfers begleiten, im Yajurveda mantrische Opfersprüche und im Atharvaveda magische Zaubersprüche des Feuerpriesters Atharvan.

An die Samhitās schlossen sich die Brāhmanas an, Prosawerke mit Kommentaren, rituellen Erläuterungen, Legenden und philsophischen Betrachtungen. Sie sind jeweils einer bestimmten Samhitā zugeordnet, so z.B. das Aitareya-Brāhmana dem Rigveda und das Jaiminīya-Brāhmana dem Sāmaveda.

Darauf folgten die Āranyakas, Texte, die im Walde (*āranya*) von Waldeinsiedlern studiert wurden und mystische Betrachtungen ebenso wie die Beschreibung wichtiger Riten enthalten. Aufgrund ihres stark esoterischen Charakters wurden diese Schriften in der Abgeschlossenheit und Verborgenheit des Waldes übermittelt.

Als Schlussteil der Shruti folgen schließlich die Upanischaden. Im Mittelpunkt ihrer Betrachtungen stehen insbesondere die Bedeutung von Ātman und Brahman sowie z.B. der heiligen Silbe OM. Aus Sicht der Indologie beginnt mit ihnen die eigentliche indische Philosophie, weil nunmehr Konzepte intellektuell formuliert vorgetragen werden. Auch die Upanischaden (und Āranyakas) sind bestimmten Samhitās zugeordnet. So gehört die Aitareya-Upanishad zum Rigveda, die Chāndogya und Kena-Upanishad zum Sāmaveda und die Taittirīya-, Katha-, Īshā- und Brihadāranyaka-Upanishad zum Yajurveda.

Beschlossen wird die vedische Literatur mit Schriften über Ritualistik, Metrik, Phonetik etc., die unter dem Namen Vedānga (Anhang zum Veda) zusammengefasst werden. Sie wurden als Sūtras verfasst, d.h. Leitfäden, die in einer besonderen, leicht zu memorierenden Sprache geschrieben sind. Der Begriff Vedānga ist nicht mit „Vedānta" (Ende oder Essenz des Veda) zu verwechseln, welcher die Upanischaden bezeichnet und in einem weiteren Sinne auch verschiedene philosophische Systeme, die sich auf diese heiligen Schriften gründen.

Wie schon erwähnt, gibt es hinsichtlich der Datierung der Veden große Differenzen zwischen indischer Tradition und akademischer Indologie. Letztere vermutet die Entstehung des Rigveda allgemein ca. 1500-1000 v. Chr., obwohl einzelne Gelehrte wie der Bonner Indologe H. Jacobi die Datierung bis in die Mitte des 5. Jahrtausends v. Chr. vorverlegten und sich dabei vor allem auf astronomische Argumente stützten.

Mehr Anklang fand ein Ansatz des weltbekannten Forschers Max Müller: Er ging aufgrund bestimmter Forschungen davon aus, dass die Sūtras etwa derselben Zeit entstammen wie der Buddha, und setzte sie bei 600-200 v. Chr. an. Die Upanischaden, Brāhmanas und Samhitās wurden jeweils 200 Jahre vorverlegt, so dass die Hymnen des Rigveda dann bei ca. 1200-1000 v. Chr. liegen. Allerdings wurde von Kritikern dieser Datierung zu Recht vermerkt, dass die Annahme eines Zeitintervalls von jeweils 200 Jahren völlig willkürlich gewählt sei. So gilt, was Klaus Mylius in seiner *Geschichte der altindischen Literatur* schreibt: „Trotz aller Anstrengungen und scharfsinniger Überlegungen ist es bisher nicht möglich gewesen, auch nur ein einziges Werk des Veda beweiskräftig zu datieren. Alle bisher vorgelegten Ansätze haben lediglich den Charakter von Hypothesen, die durch verschiedenartige Argumente mehr oder minder gut gestützt werden."[6]

Auch Helmuth v. Glasenapp gibt angesichts der Vielfalt von Hy-

---

[6] S. 32

pothesen zu bedenken, „wie problematisch noch die bisher erzielten Ergebnisse der Vedaforschung sind und wie wenig von dem bisher von mehreren Generationen von Gelehrten Erarbeiteten als gesichert gelten kann.“[7]

Leseproben

Hymne an die Morgendämmerung
Rigveda V.80.1-5

(Der Rishi besingt die göttliche Morgendämmerung Ushā, Tochter des Himmels, als Bringerin der Wahrheit, der Wonne, Schöpferin des Lichts.)

1. Morgendämmerung der leuchtenden Reise, Morgenröte, Königin der Wahrheit, weit mit der Wahrheit, wie weit reicht der Glanz ihrer rosigen Glieder, - göttliche Morgenröte, die den Himmel des Lichts mit sich bringt! Sie beten die Seher mit ihren Gedanken an.

2. Dies ist sie, die die Schau hat, und sie erweckt den Menschen und lässt seine Pfade leicht beschreiten und geht ihm voran. Wie groß ist ihre Kutsche, wie unermesslich und all-gegenwärtig die Göttin, wie bringt sie das Licht den Tagen voran!

3. Dies ist sie, die ihre Kühe des rosigen Lichts anschirrt. Ihre Reise geht nicht fehl, und solcherart ist der Schatz, den sie bildet, dass er nicht vergeht. Sie hämmert unsere Pfade-zum-Glück heraus; göttlich ist sie, weit leuchtend ihre Herrlichkeit, zahlreich die Hymnen, die zu ihr aufsteigen, sie bringt jede Wohltat mit sich.

4. Schau sie in ihrer zweifältigen Energie von Erde und Himmel, wie sie in ihrer Weiße geboren wird und ihren Körper vor uns freilegt. Sie folgt vollkommen den Pfaden der Wahrheit, wie eine, die weise ist und das Wissen hat, und sie engt unsere Bereiche nicht ein.

5. Siehe, wie strahlend ihr Körper ist, wenn sie gefunden und erkannt wird. Wie hoch sie steht, als ob sie in Licht badete, auf dass wir die Schau haben.

---

[7] *Die Literaturen Indiens*, S. 52

Alle Feinde und alle Dunkelheiten vertreibend, ist Morgenröte, die Tochter des Himmels, mit dem Licht gekommen.[8]

*

Aus der Schöpfungshymne, Rigveda 10.129.1-2

Seiendes war nicht, noch Nichtsein.
Nicht Erde oder Luftraum oder Himmelsgewölbe.
Was bildete sich heran, wo war es, in wessen Obhut?
Wo war Wasser, tief verborgener Abgrund?

Nicht Tod war oder Leben,
Nicht Tag oder Nacht.
Ewig waltete das Ureine ohne Atem,
Und außer Ihm war nichts im weiten Kosmos.

---

[8] Sri Aurobindo, *Das Geheimnis des Veda* (Gladenbach 1987), S. 506

Brāhmanas und Āranyakas

Das Wort *Brāhmana* wurde entweder von *brahman* (m.), Brahmane, oder *brahman* (n.), Mantra, heiliger Text, abgeleitet. Im ersteren Falle wären es also Texte, die von oder für Brahmanen geschaffen wurden, deren fast göttergleiche Stellung in diesen Schriften hervorgehoben wird.

Es handelt sich um Prosa-Texte, die sich den einzelnen Veda-Samhitās anschließen und Anleitungen zum praktischen Gebrauch der Samhitā-Verse ebenso wie ausführliche Erklärungen dazu enthalten. Im Mittelpunkt der Erläuterungen steht das Opfer und die Opferhandlung. Schon in den Samhitās spielten diese eine wesentliche Rolle, um Kontakt mit den Göttern aufzunehmen, doch in den Brāhmanas werden sie jetzt fast zum Selbstzweck erhoben. Bis ins kleinste und letzte Detail werden die Abläufe und Rituale beschrieben, etwa der richtige Zeitpunkt wie Neumond[9], oder die Art und Weise, wie und mit welchen Opfersprüchen die Opfergabe darzubringen ist.

Gleichzeitig werden auch die Gründe für die spezielle Durchführung genannt, wobei bestimmte mythische Begebenheiten, die aus rationalistischer Sicht oft unverständlich erscheinen, als ursächlicher Anlass dargelegt werden. So wird z.B. in Shatapatha-Brāhmana 1.4.1 erklärt, weshalb bei einem bestimmten Opfer das Fell einer schwarzen Antilope Verwendung findet: Das *Opfer*, so heißt es, sei einst den Göttern entlaufen und habe die Gestalt einer schwarzen Antilope angenommen. Die Götter ergriffen die Antilope und zogen ihr das Fell ab. Die Haare des Fells werden dann mit Rig-, Sāma- und Yajur-Veda gleichgesetzt und das Opfer mit „diesem dreifachen Wissen".

Ferner enthalten die Brāhmanas auch Spekulationen über den Ur-

---

[9] In diesem Zusammenhang kann erwähnt werden, dass Literatur über Mondphasen und die jeweils optimalen Zeitpunkte für Handlungen bis in unsere Zeit große Nachfrage findet.

sprung des Kosmos. Eindrucksvoll ist eine Passage im Taittirīya-Brāhmana 2.9.1:

„Dieses Weltall war zu Beginn gar nichts, es war weder Himmel noch Erde noch Luftraum. Da es nichtseiend war, fasste dieses den Gedanken: ich will sein. Es erhitzte sich innerlich."

Aus diesem Vorgang des „Erhitzens", Tapas, entstehen dann Feuer, Rauch, Flammen, Strahlen, Wolken, Meere und auch Prajāpati, ein Urvater der Schöpfung. Dann heißt es weiter:

„Da weinte Prajāpati: 'Wozu wurde ich geboren, wenn für solchen haltlosen Grund?' Die Träne, die ins Wasser fiel, wurde zur Erde, und was er abwischte, das wurde zum Luftraum, was er nach oben wischte, das wurde zum Himmel."

Manche westliche Kommentatoren haben diese und andere Passagen als törichte Faselei abgetan, doch Helmuth von Glasenapp weist mit Recht darauf hin, dass es sich hier um die Spekulationen hochgelehrter Theologen handele, „die in diesen Werken Erkenntnisse niederlegten, die ihnen vom Standpunkt ihres Weltbildes aus als außerordentlich wertvoll erschienen."[10] Tatsächlich gibt es verblüffende Parallelen in den Texten der großen Zauberdoktoren des europäischen Mittelalters:

„Wenn wir in den Büchern des Heinrich Cornelius Agrippa von Nettesheim (1486-1535) blättern, so treffen wir auf Schritt und Tritt auf Gedankenreihen, die uns in ihrer Seltsamkeit und durch die verblüffende Sicherheit, mit der sie vorgetragen werden, an die Erörterungen der Brāhmana-Autoren erinnern. Das zeigt, dass es Formen des Denkens und der Wissenschaft gibt, die, von den unsrigen heutigen verschieden, ihren eigenen Gesetzen folgen und durch die Jahrhunderte sich fortsetzen."[11]

---

[10] *Die Literaturen Indiens*, S. 75

[11] Ibid., S. 76

Es sollte auch erwähnt werden, dass in den Brāhmanas bereits einige philosophische Grundgedanken der Upanischaden vorbereitet werden. Die Einheit von Ātman und Brahman finden wir dort ebenso vor wie den Gedanken der Seelenwanderung. Zudem haben diese Texte eine sprachgeschichtliche Bedeutung als älteste Prosa-Schriften des Sanskrit, da die Samhitās - mit Ausnahme einiger Passagen im Atharvaveda - nur in Versen verfasst sind.

Abschließend können wir feststellen, dass die Brāhmanas zum größten Teil relativ eintönige theologische Abhandlungen sind, die hier und da durch interessante Geschichten oder bemerkenswerte philosophische Passagen aufgefrischt werden. Zu den bekannteren Texten zählen das *Shatapatha-, Taittirīya-* und *Jaiminīya-Brāhmana.* Im letzteren werden z.B. ausführlich das Agnihotra (täglich wiederholtes Feueropfer) und die mit ihm verbundenen Bräuche erläutert, woraus sich eine subtile Opfermystik entwickelt.

Die Āranyakas

Die Āranyakas sind Schriften, die in der Einsamkeit und Abgelegenheit des Waldes (*aranya*) studiert wurden, vielleicht aufgrund ihres besonders geheimen Charakters. Ihr Inhalt gleicht jenem der Brāhmanas, indem auch weiterhin das Opfer im Mittelpunkt steht. Allerdings wird es jetzt kaum mehr in seiner konkreten Form abgehandelt, sondern überwiegend in allegorischer Verklärung symbolisiert.

Die Riten, die in den Āranyakas beschrieben werden, galten als sehr sakral und sollten nur von kundigen Eingeweihten mit großer Achtsamkeit und Konzentration durchgeführt werden, da andernfalls großer Schaden drohen würde. Teils werden auch kosmogonische und mystisch-philosophische Themen angesprochen, die dann inhaltlich zu den Upanischaden überleiten.

Die Upanischaden

Die Fähigkeit, über sich selbst, den Kosmos und das Dasein zu kontemplieren, ist ein entscheidendes Merkmal des Menschen, der sich seiner tieferen Bestimmung bewusst wird. „Wer bin ich, wofür lebe ich, welches ist meine Beziehung zu anderen und zum Universum, welches ist die letzte Wahrheit hinter den Erscheinungen?“ - dies sind Fragen, mit denen sich die Seher der Upanischaden schon vor einigen Tausend Jahren beschäftigten.

Die Rishis jener Zeit waren Weise im höchsten Sinne des Wortes und wandten sich ihren Themen in echter existentieller Berührtheit zu. Wir mögen manche ihrer Aussagen „Spekulation“ nennen, aber tatsächlich geben sie zumeist ihre mystische Schau wieder, etwas, was sie sich nicht in mühevollen Gedankenschritten erarbeiteten, sondern vor ihrem inneren Auge sahen. Mystiker aller Zeiten und Kontinente hatten solche Erfahrungen, die ihnen z.B. die materielle Welt als etwas Göttliches offenbarten oder das überwältigende Gefühl der Einheit mit allen Wesen vermittelten.

sarvam khalvidam brahma - „wahrlich, alles ist Brahman“, so lautet die Grunderkenntnis der Chāndogya-Upanishad[12]. Diese ganze Schöpfung mit ihren unzähligen Manifestationen und ihrem endlosen Werden ist das höchste göttliche Wesen. Aber auch ich selbst bin Es, sagten die Seher, *aham brahmāsmi*.[13] So wie der Tropfen eins ist mit dem Meer, so ist die Einzelseele, Ātman, eins mit dem unendlichen Brahman.

tat tvam asi, „Das bist du“, erklärt wiederum die Chāndogya-Upanishad[14] und bringt dieselbe Wahrheit aus einer anderen Perspektive zum Ausdruck. Es ist das Eine ohne ein Zweites, *ekam a-*

---

[12] III.14.1. *upa-ni-shad* bedeutet wörtlich: „sich hinsetzen zum“ (Lehrer, um seine Lehre zu empfangen).

[13] Brihadāranyaka-Upanishad I.4.10

[14] VI.8.7

dvitīyam[15]. Nur schwer können Worte es erfassen oder beschreiben, weshalb die Seher bisweilen nur wiederholen, *neti, neti* (*na iti*): es ist nicht dies, nicht jenes, es ist unsagbar und unfassbar.

Doch immer wieder tasten die Autoren der Upanischaden sich mithilfe der klangvollen und ausdrucksstarken Sanskrit-Sprache an dieses Unsagbare heran und haben der Nachwelt in ihren Schriften unsterbliche Werke hinterlassen. Beginnen wir mit den ältesten Upanischaden:

I. *Brihadāranyaka-, Chāndogya, Taittirīya-, Aitareya-, Kaushītaki- und Kena-Upanishad*

Mit Ausnahme der Kena-Upanishad, die einen Übergang zu den jüngeren Schriften bildet, sind all diese Texte nur in Prosa verfasst und weisen sowohl inhaltlich als auch sprachlich eine gewisse Nähe zu den Brāhmanas auf, obgleich sie stets auch über deren Ebene hinausgehen. So werden Opfer und Ritual zwar weiterhin im Blick behalten, gelten nun aber als niederes Wissen, das auf die eigentliche, höhere Erkenntnis vorbereitet.

Die *Brihadāranyaka* ist vor allem wegen der Belehrung bekannt, welche Yājnavalkya, einer der berühmtesten Weisen jener Zeit, seiner Gattin Maitreyī über das Selbst und dessen Identität mit dem Brahman erteilt. Sehr imposant ist auch das Bild, mit dem die Upanishad eröffnet - der ganze Kosmos wird in Gestalt eines gewaltigen Opferrosses visualisiert:

> „Die Morgendämmerung ist der Kopf des Opferrosses, die Sonne seine Augen, der Wind sein Atem, das Feuer Vaishvānara sein offenes Maul, und das Jahr sein Körper.“

Dieses Bild wird dann noch detailliert weitergeführt, und im zweiten Vers heißt es, dass dieses Ross Götter und Dämonen, Halbgötter und Menschen trage, und „das Meer (das höchste Selbst) ist sein Anverwandter, sein Geburtsort.“

---

[15] Chāndogya-Upanishad VI.2.1

Wir brauchen viel Einfühlung, um diese ungewohnten Bilder aufzunehmen, und auch Kenntnisse des Sanskrit, da Wörter wie *ashva,* Pferd, bewusst mit subtilen Anklängen eingesetzt werden, um bestimmte Bedeutungen zu suggerieren. In der Sanskrit-Wurzel *ash* steckt z.B. die Bedeutung „sich erstrecken, besitzen", ebenso wie „Kraft" und „Geschwindigkeit". Es ist ein dynamisches Bild mit kühner Symbolik, deren Bedeutung Sri Aurobindo in einem Kommentar überzeugend entschlüsselt hat.[16]

In Kapitel IV.1-7 macht die Brihadāranyaka signifikante Aussagen zum Thema Karma und Reinkarnation. Im folgenden einige Auszüge:

> „Ein Mensch guter Taten wird gut, ein Mensch schlechter Taten wird schlecht. Durch reine Handlungen wird er rein, durch unreine wird er unrein."
> „Der Mensch handelt gemäß den Wünschen, denen er anhängt. Nach dem Tode geht er in die nächste Welt ein und trägt die subtilen Impressionen seiner Handlungen mit sich. Nachdem er die Früchte seiner vergangenen Taten geerntet hat, kehrt er wieder in diese Welt des Tuns zurück. So unterliegt der Mensch, der Wünsche hat, weiter der Wiedergeburt."
> „Doch jener, in dem das Begehren erlischt, wird nicht wiedergeboren. Nach dem Tode... begehrt er nur das Selbst und geht in die jenseitige Welt. Indem er Brahman erkennt, wird er zu Brahman."

Die *Chāndogya* enthält viele bekannte Mantras und Grundlehren des Vedānta, von denen die wichtigsten, wie das *tat tvam asi*, bereits erwähnt wurden. Berühmt ist das Gespräch des Weisen Uddālaka Aruni mit seinem Sohn Shvetaketu über die All-Einheit, in dem die Lehre eines ganz vom Absoluten erfüllten Kosmos verkündet wird. Die *Taittrīya* erläutert in drei Abschnitten die spirituellen Grundlagen der Phonetik, den Weg zur Selbsterkenntnis und die Erkenntnis des Brahman. Auch sie enthält viele eindrucksvolle symbolische Bilder und Gleichnisse.

---

[16] The Upanishads (Pondicherry 1972), S. 399-411

Die *Kena*-Upanishad stellt die Frage nach der tieferen, verborgenen Ebene hinter unserem Denken, Leben und Wahrnehmen, und führt hin zu Jenem, „welches durch das Wort nicht ausgedrückt wird, sondern das Wort ausdrückt“ - das Brahman. Die *Kaushītaki* schildert das Schicksal der Seelen nach dem Tod und ihre Passage durch Himmelsregionen, während die *Aitareya* die Loslösung vom Kreislauf der Geburten zum Gegenstand hat.

Eine zweite Gruppe von Upanischaden gehört einer jüngeren Zeit an und ist durchweg in Versen verfasst:

II. *Katha-, Īshā-, Shvetāshvatara und Mundaka-Upanishad*

Die *Katha*-Upanishad gilt als poetisch besonders hochwertig und erzählt die Geschichte vom jungen Brahmanen Nachiketas, der den Todesgott Yama aufsucht und ihm die Frage stellt, was dem Menschen nach dem Tode widerfährt, worauf Yama ihn - nach einigem Hinhalten - über Ātman, Brahman und den Weg der Erkenntnis belehrt.

Die *Īshā* oder *Īshāvāsya* gehört zu den bekanntesten Upanischaden. Gleich im ersten Vers wird das grandiose Bild eines vom Göttlichen erfüllten Universums projiziert:

> „All dies dient dem Herrn als Wohnstatt, was immer sich bewegt in diesem Universum der Bewegung.“

Und in Vers 2 heißt es, „Indem man hier tätig ist in der Welt, sollte man wünschen, hundert Jahre zu leben.“ Bemerkenswert ist die weltnahe, weltpositive Haltung des Autors der Verse.

Die *Shvetāshvatara* erklärt den Ursprung der Welt, „Der Eine war ohne Form und Gestalt; dann wurde er vielfältig durch den Yoga seiner eigenen Kraft.“[17] Doch es wird eine Einheit in der Vielheit gefunden, indem das Brahman mit dem Universum gleichgesetzt ist:

> „Du bist das Feuer, Du bist die Sonne, die Luft, der Mond, der

---

[17] IV.1

Sternenhimmel, Du bist das höchste Brahman.
Du bist Frau, Du bist Mann, der Junge und das Mädchen, der alte Mann mit seinem Stock.
Du bist der dunkle Schmetterling, der grüne Papagei mit seinen roten Augen, die Gewitterwolken, die Jahreszeiten und das Meer.“[18]

Die *Mundaka*[19] enthält die vielzitierte Parabel von den zwei Vögeln auf dem selben Baum, von denen der eine die individuelle Seele, der andere das unsterbliche Selbst symbolisiert:

„Zwei Vögel mit schönem Federkleid, enge Gefährten, hocken auf dem selben Baum: der eine isst dessen süße Früchte, der andere isst nicht, sondern schaut nur seinem Gefährten zu.“

Aufgrund seiner Unwissenheit ist der essende Vogel aber verwirrt und in Sorge. Doch als er den anderen erblickt, erkennt er in ihm den *Herrn* aller Dinge und sein Leid ist ausgelöscht. In derselben Weise - so erklärt die Mundaka - erfährt auch der Mensch Befreiung, wenn er den höchsten Herrn erkennt und mit ihm eins wird.

Wir kommen nun zu der dritten, noch jüngeren Gruppe von Upanischaden, die wieder in Versen abgefasst sind:

III. *Prashna-, Māndūkya- und Maitrāyana-Upanishad*

In der *Prashna*-Upanishad werden sechs tiefschürfende metaphysische Fragen an einen Rishi gerichtet, z.B. „Woher werden all diese Geschöpfe geboren“, oder, „Woher kommt das Leben, wie gelangt es in den Körper“. Der Weise beantwortet die Fragen jeweils mit sehr langen und subtilen Ausführungen, an deren Ende der Hinweis auf das unvergängliche Selbst erfolgt, den Ursprung und Schoß aller Dinge.

Die *Māndūkya* widmet sich speziell der heiligen Silbe OM, deren

---

[18] IV. 2-3
[19] III.1.1-3

große Bedeutung auch in vielen anderen Upanischaden gewürdigt wird. Sie erhebt diese Thematik zu einer spirituellen Philosophie und erklärt im ersten Vers:

> „OM ist dieses unvergängliche Wort, OM ist das Universum... Die Vergangenheit, die Gegenwart und die Zukunft - alles, was war, ist und sein wird - ist OM."

Die *Maitrāyana* gehört offensichtlich schon der nachbuddhistischen Zeit an, da hier in einigen Passagen eine Abgrenzung zu buddhistischen Positionen erkennbar ist. In ihr bricht ein gewisser Welt-Pessimismus durch, wie wir ihn auch später immer wieder in der indischen Geistesgeschichte antreffen. Diese Strömung steht allerdings im Widerspruch zur lebensfrohen und positiven Haltung der älteren vedischen Zeit, als die Seher ein rundum reiches und erfülltes Leben in dieser Welt anstrebten.

Die oben genannten Texte sind nur die wichtigsten der 108 Upanischaden, die uns überliefert wurden. Der bedeutende indische Philosoph Shankara, dessen Schriften wir in einem späteren Kapitel vorstellen werden, hat sechzehn als „authentisch" anerkannt, d.h. als echte vedische Offenbarung. Aus sechs von ihnen hat er in seinem Vedāntasūtra-Kommentar zitiert und weitere zehn hat er kommentiert: die Īshā, Kena, Katha, Prashna, Mundaka, Māndūkya, Chāndogya, Brihadāranyaka, Aitareya und Taittirīya. Auch ein Autor des 20. Jhs. wie Sri Aurobindo hat dieselben Texte übersetzt oder kommentiert, wodurch ihre herausragende Bedeutung im Gesamtkorpus der Upanischaden unterstrichen wird. Im folgenden wollen wir noch einmal einige Hauptthemen detaillierter ergründen.

Der Ātman

> „Dieser Körper ist sterblich und stets dem Tod ausgesetzt, aber in ihm wohnt das unsterbliche Selbst. Wenn letzteres in unserem Bewusstsein mit dem Körper verbunden ist, unterliegt es Freude und Schmerz; und solange diese Verbindung fortdauert, kann

niemand Freiheit von (vergänglicher) Freude und von Schmerz finden. Aber wenn die Verbindung zu Ende geht, erlöschen diese. Indem man sich über das Körperbewusstsein erhebt und weiß, dass das Selbst von den Sinnen und vom Gemüt verschieden ist, und es in seinem wahren Licht kennt, erfährt man (reine) Freude und ist frei." (Chāndogya XII.1)

Die Lehre vom unvergänglichen *Selbst* ist eine der bekanntesten des Hinduismus. Gibt es etwas, das Bestand hat hinter dem ständigen Strom unserer Gedanken und Empfindungen, der Bilder in unserem Geist und der ständigen Wandlungen im Körper? Die Rishis sahen in ihrer Meditation den unsterblichen, immer gleichen *ātman* und entwickelten eine subtile Psychologie der Selbst-Erkenntnis. Sie differenzierten in unserem Wesen zwischen fünf Sinnen der Wahrnehmung - Sehen, Hören, Berühren, Riechen und Schmecken - sowie auch der Handlung - Reden, Greifen, Bewegen, Ausscheiden und Zeugen. Manas, das Mental, nimmt die Sinneseindrücke auf; Buddhi, die Intelligenz, identifiziert und klassifiziert die Objekte. Ahamkāra, der Ichsinn, integriert sie in den persönlichen Bewusstseinsstrom. Darüber hinaus gibt es noch eine Ebene des Unmanifestierten, die Ur-Sache alles Seienden. Doch jenseits davon ist der Ātman, der nicht ein Instrument ist, sondern vielmehr selbst die verschiedenen Instrumente benützt.[20]

In der Taittirīya finden wir die Lehre von den fünf Hüllen, die das Selbst umgeben: die materielle, vitale, mentale, Erkenntnis- und Glückseligkeitshülle.[21] Wir haben also, als sichtbaren Ausgangspunkt, ein körperliches Selbst, das feinere energetische Körper in sich birgt, in denen wir atmen, denken und erkennen, und schließlich den „Kausalkörper", wie die letzte Hülle auch genannt wird, die sich unmittelbar dem Höchsten Selbst nähert. Da letzteres auch unsagbare Freude (*ānanda*) beinhaltet, wird diese Hülle jene der „Glückseligkeit" genannt.

Wichtig ist auch die Klassifizierung von vier Bewusstseinszustän-

---

[20] Katha-Upanishad, II.6

[21] *annamaya, prānamaya, manomaya, vijñānamaya* und *ānandamaya kosha.*

den: Wachen, Träumen, Schlafen sowie *turīya* - ein vierter Zustand, der die drei anderen transzendiert und die Erkenntnisebene des *Selbstes* konstituiert:

> „Jenseits der Sinne, jenseits des Verstandes und allen Ausdrucks ist der Vierte (Zustand): Es ist reines Einheitsbewusstsein, worin Gewahrheit der Welt und der Vielheit vollständig erlischt. Es ist unsagbarer Frieden. Es ist das höchste Gute. Es ist das Eine ohne ein Zweites, das *Selbst*." (Māndūkya 7)

Abschließend sei noch erwähnt, dass wir in den Upanischaden für das *Selbst* auch den Begriff „Purusha" finden, der besser aus der Sānkhya-Philosophie bekannt ist, die sich ganz auf die beiden Grundprinzipien Purusha-Prakriti[22] gründet. Dieser Begriff wird hier in den Upanischaden als Synonym für „Ātman" verwendet.

Das Brahman

Wenn wir unseren Blick nicht nach innen richten, sondern nach außen, sehen wir die Welt und das Universum in seiner Vielfalt und Unendlichkeit. Die Betrachtung des Sternenhimmels, des weiten Meeres, einer majestätischen Bergwelt können in uns Emotionen des Staunens und der Ehrfurcht auslösen und ein Gefühl für das Göttliche im Sein wecken.

Schon erwähnt wurde der 1. Vers der *Īshā*, in dem erklärt wird, dass der *Herr* dem Universum innewohnt. Die *Mundaka* (II.1.2) erklärt zur Frage von Brahman und Kosmos: „Selbstleuchtend ist jenes Wesen und formlos. Er wohnt in allem und außerhalb von allem. Er ist ungeboren, rein, größer als das Größte, ohne Atem und ohne Denken." In Vers 4 des selben Textes wird das Universum eindrucksvoll als Körper Gottes gesehen:

> „Der Himmel ist sein Kopf, die Sonne und der Mond sind seine Augen, die vier Himmelsrichtungen seine Ohren, die heiligen

[22] *Geist* (Spirit) und Natur.

Schriften seine Stimme, die Luft sein Atem, das Universum sein Herz. Von seinen Füßen entsprang die Erde. Er ist das innerste Selbst von allem."

Es gibt weitere Passagen, wo die Dualität von Brahman und Welt in einer überwältigenden Einheitserfahrung ganz aufgehoben wird. Für diese Wahrnehmung existiert nur das alleinige Brahman als einzige Realität, während Name und Form sich in der unendlichen Weite verlieren:

„So wie Flüsse ins Meer strömen und dabei Name und Form verlieren, so erlangt der Weise, befreit von Name und Form, das Höchste Wesen, das Selbst-Leuchtende, Unendliche." (*Mundaka* III.3.9)

Der Weg zur Verwirklichung

Wir können nun die Frage stellen, welchen Weg die Upanischaden zur spirituellen Erkenntnis und Verwirklichung weisen. Die wichtigsten Punkte sind: eine ethische Disziplin in Form von Entsagung und Selbstbeherrschung; Studium der heiligen Schriften; Meditation und Kontemplation; Einweisung durch einen qualifizierten Lehrer.

Die Katha-Upanishad I.3 stellt fest: Wenn ein Mensch ohne Unterscheidungskraft ist und sein Geist nicht kontrolliert, so sind seine Sinne nicht zu zügeln, ähnlich wie schlecht disziplinierte Pferde eines Kutschers. Umgekehrt lassen die Sinne sich wirksam im Zaum halten, wenn der Geist unter Kontrolle ist.

In der Taittirīya I.11 ruft der Seher auf zu rechter Handlung, rechtem Studium der heiligen Schriften, Wahrhaftigkeit in Gedanke, Wort und Tat; Verzicht und Enthaltsamkeit, eine gewissenhafte und freudige Erfüllung der Alltagspflichten ohne Anhaftung. Und ferner heißt es dann:

„Sollte es je Zweifel hinsichtlich des rechten Verhaltens geben, so folge dem Beispiel großer Seelen, die ohne Fehl sind, der Wahrheit verpflichtet und urteilskräftig. In dieser Weise verhalte dich stets. Dies ist das Gebot, dies die Lehre und dies die Weisung der heiligen Schriften."

Wer solchen Regeln folgt, geht schließlich über sie hinaus und erlangt sein höchstes Ziel: „Wenn der Seher den *Herrn* erkennt, das Höchste Wesen, so transzendiert er Gut und Böse und wird mit Ihm vereint, indem er von Unreinheiten befreit ist."[23]

Meditation und Kontemplation werden häufig angesprochen, obwohl kaum detailliert ausgeführt in Form bestimmter Techniken. Viel mehr als heute war damals die Unterweisung eine persönliche Angelegenheit zwischen Lehrer und Schüler, und die Technik wurde gemäß dem individuellen Bedürfnis unter vier Augen anvertraut, aber nicht schriftlich fixiert. Allerdings können wir einige allgemeine Hinweise finden. Zunächst eine Passage, die die Bedeutung des Lehrers herausarbeitet:

> „Die Wahrheit des Selbstes kann nicht voll verstanden werden, wenn sie von einem Unwissenden unterrichtet wird... Feiner als das Feinste ist dieses Selbst und jenseits aller Logik. Wenn ein Mensch von einem Lehrer unterwiesen wird, der das Selbst und das Brahman als eins kennt, so lässt er leere Theorie hinter sich zurück und erlangt die Wahrheit." (Katha I.2.8)

In der selben Upanishad[24] heißt es, Worte können Ihn nicht offenbaren, das Denken nicht erreichen, die Augen nicht sehen. „Wie lässt er sich dann begreifen, außer wenn er von jenen Sehern gelehrt wird, die ihn wahrlich erkannt haben?"

Die Bedeutung der Konzentration auf die Wahrheit *aham brahmāsmi* („Ich bin Brahman") wird in der Brihadāranyaka[25] hervorgehoben, während die Mundaka die Rolle des OM bei der Meditation betont: „OM ist der Bogen, das individuelle Wesen ist der Pfeil, und Brahman ist das Ziel. Mit ruhigem Herzen fass dein Ziel ins Auge.

---

[23] Mundaka III.3.1

[24] II.6.12

[25] I.4.10

Verliere dich in Ihm, so wie der Pfeil sich im Ziel verliert.“[26]

Wir beschließen dieses Thema mit einem Zitat aus der Katha-Upanishad, das ganz auf das Göttliche im *Inneren* abhebt:

„Niemand erkennt ihn mit den Augen, denn Er ist ohne sichtbare Form. Doch wird er im Herzen durch Selbstbeherrschung und Meditation offenbart. Jene, die ihn kennen, erlangen Unsterblichkeit. Wenn alle Sinne und der Geist still sind und die Intelligenz stetig, so wird der höchste Zustand erlangt, so sagen die Weisen. Die Stille der Sinne und des Geistes wird Yoga genannt. Wer sie erlangt, wird von Täuschung befreit.“[27]

---

[26] II.2.4

[27] II.6.9-11

Das Rāmāyana

Das Rāmāyana und das Mahābhārata sind Epen, deren Inhalte das Leben der Hindus bis in die Gegenwart hinein prägen. Zahllose indische Frauen lassen sich von der Gestalt der Sītā inspirieren, und der Name des Avatars Rāma ist ein Mantra, das viele Hindus täglich wiederholen. Filme und Fernsehserien über das Rāmāyana erfreuen sich großer Beliebtheit und werden von Menschen aller Gesellschaftsschichten mit großer Anteilnahme betrachtet.

Allerdings gibt es aus moderner Sicht auch einige kritische Stimmen, die den einen oder anderen Aspekt der epischen Idealwerte in Frage stellen. Bevor wir uns dieser Thematik zuwenden, wollen wir zunächst den Inhalt der sieben Bücher und 24 000 Verse zusammenfassen.

1. Buch. Dereinst herrschte im Lande Koshala in der Stadt Ayodhyā König Dasharatha. Da er kinderlos war, beschloss er, ein großes Opfer darzubringen, und traf alle Vorbereitungen. Zur selben Zeit nun befand sich der mächtige irdische Dämonenkönig Rāvana im Krieg gegen die Götter und brachte sie schwer in Bedrängnis. Daher wandten sie sich an Vishnu, die höchste Gottheit, und baten um Hilfe. Vishnu wollte diesen Wunsch erfüllen und erschien König Dasharatha beim Opfer. Er übergab ihm ein Gefäß und sagte, er solle seinen drei Frauen daraus zu trinken geben. Alsbald wurde Kausalyā ein Sohn Rāma geboren, in dem Vishnu sich auf Erden inkarnierte. Kaikeyī brachte Bharata zur Welt, und Sumitrā Lakshmana und Shatrughna.

Rāma und Lakshmana wachsen gemeinsam auf und zeigen schon bald ihren Kampfesmut, als sie den Seher Vishvāmitra vor gefährlichen Dämonen schützen, die ständig seine Opfer stören. Später gelangen die beiden an den Hof des Königs Janaka, der mittels eines Wettbewerbs einen Gatten für seine Pflegetochter Sītā sucht. Rāma gelingt es als einzigem, einen riesigen Bogen zu spannen, wodurch er Sītā als Gemahlin gewinnt.

2. Buch. Da König Dasharatha schon alt ist, möchte er gern Rāma als Thronfolger einsetzen, doch seine Frau Kaikeyī - die Mutter des Bharata - wird von ihrer Amme gegen diesen Plan aufgehetzt und erhebt Einspruch.

Als sie den König vor langer Zeit einmal nach einer Verwundung hingabevoll pflegte, gab er ihr zwei Wünsche zur Erfüllung frei. Nun erinnert sie ihn daran und fordert, Bharata möge die Thronfolge antreten, während Rāma vierzehn Jahre in die Verbannung gehen müsse. Der König ist schwer schockiert über Kaikeyīs Ansinnen, vermag sie jedoch nicht umzustimmen und fühlt sich verpflichtet, das einmal gegebene Wort zu halten. So zieht Rāma mit Sītā und Lakshmana in die Wälder, und bald darauf verstirbt Dasharatha aus Gram über diese Entwicklungen.

Bharata weilte zu jener Zeit außerhalb von Ayodhyā und wusste nicht, was sich in der Hauptstadt abspielt. Nun kehrt er zur Bestattung des Königs zurück und ist tief betroffen, als er von Rāmas Verbannung hört. Er sucht ihn in einem fernen Waldgebirge auf und bietet ihm an, zu seinen Gunsten auf den Thron zu verzichten. Doch Rāma fühlt sich auch nach dem Tode des Vaters an dessen Weisung gebunden und hält daran fest, obwohl ihn Bharatas Angebot sehr bewegt. Schließlich kehrt Bharata mit Rāmas Sandalen heim und legt sie symbolisch auf den Thronsessel in Ayodhyā, während er die Regierungsgeschäfte außerhalb der Stadt wahrnimmt.

Buch III. Rāma zieht mit Sītā und Lakshmana durch die Wälder und besteht mannigfache Abenteuer wie Kämpfe mit Ungeheuern und Riesen. Eines Tages begegnet er Shūrpanakhā, einer Schwester des Dämonenkönigs Rāvana, die sich in ihn verliebt und ihn für sich begehrt. Da Rāma bereits verheiratet ist, verweist er sie an Lakshmana, der sie jedoch kühl zurückweist. Die Riesin ist darüber so erzürnt, dass sie Sītā verschlingen will. Doch Lakshmana verhindert dies und schneidet der wütenden Dämonin Ohren und Nase ab. Daraufhin eilt sie zu ihrem Bruder Khara, der mit einem Heer von 14 000 Dämonen anrückt, aber von Rāma besiegt und getötet wird.

Shūrpanakhā begibt sich nun zu ihrem Bruder Rāvana nach Lankā und berichtet ihm von den Vorfällen. Sie wiegelt ihn gegen Rāma auf und preist Sītā überschwenglich als schöne und attraktive Frau, um Rāvanas Begehren zu wecken. Sie überredet ihn, Sītā zu entführen, und fährt alsbald mit ihrem Bruder in einem „Luftwagen“ zu dem befreundeten Dämonen Marīca, der ihnen bereitwillig Hilfe zusagt. Listig verwandelt er sich in eine goldene Gazelle und lenkt Sītās Aufmerksamkeit auf sich. Voller Neugier bittet Sītā Rāma, das seltene Wild für sie zu erlegen, das schnell davon eilt. Während Rāma nun auf der Jagd ist und wenig später auch Lakshmana durch einen Trick fortgelockt wird, gelingt es Rāvana, Sītā zu ergreifen. Verzweifelt versucht der Geier Jatāyus Rāvana aufzuhalten, doch wird er im Kampfe tödlich verwundet. Bevor er stirbt, kann er Rāma und Lakshmana noch über die Entführung informieren.

Indessen hat Rāvana Sītā nach Lankā gebracht und bedrängt sie, ihn zu heiraten, was Sītā jedoch entrüstet zurückweist. Rāvana sperrt sie in eine Grotte und gibt ihr zwölf Monate Zeit, sich für ihn zu entscheiden, andernfalls würde er sie verspeisen.

Buch IV. Rāma und Lakshmana erlösen einen Waldbewohner von einem Fluch und erhalten von ihm den nützlichen Rat, sich mit dem Affenkönig Sugrīva zu verbünden. Bald treffen sie Sugrīva an einem schönen See und erfahren, dass ihm gerade ein großes Unglück widerfahren ist: sein Bruder Vālin hat ihn seiner Gattin und seines Reiches beraubt und ihn verjagt, weswegen er jetzt mit seinem Minister Hanumān in Verbannung lebt. Rāma trifft eine Vereinbarung mit Sugrīva, ihm bei der Rückeroberung seines Reiches zu helfen, woraufhin Sugrīva ihn dann bei der Befreiung Sītās unterstützen soll.

Alsbald wird Vālin mit Rāmas Hilfe bezwungen, und Sugrīva wird erneut zum König geweiht. Dankbar hilft er nun Rāma und stellt ein großes Affenheer zusammen. Zunächst macht sich Hanumān mit einem kleinen Trupp auf die Suche nach Sītā. Glücklicherweise trifft er einen Bruder des Geiers Jatāyus, der ihm den Weg nach Lankā weist. Die Affen gelangen bis an die Meeresküste, verzweifeln aber an der Aufgabe, den Ozean nach Lankā zu überqueren. Schließlich gelingt es dem sportlichen Hanumān, mit einem Riesensprung von einem Berg direkt bis nach Lankā zu gelangen.

Buch V. Die Schönheit der Insel und die luxuriöse Pracht der Hauptstadt werden detailliert beschrieben. Hanumān findet Sītā nach längerer Suche in einem Hain, überbringt Rāmas Grüße und berichtet von den Plänen zur Befreiung. Sītā erklärt, dass Eile geboten sei, da ihr nur noch zwei Monate bis zur fatalen Entscheidung bleiben. In einem (wahrscheinlich später eingefügten) Abschnitt wird dann erzählt, wie Hanumān in einen Kampf mit den Dämonen verwickelt und zu Rāvana geführt wird. Dieser lässt ihm den Schwanz mit Stoff umwickeln und anzünden. Doch der Feuergott Agni schützt Hanumān, als er so durch die Stadt geführt wird. Er kann sich befreien und setzt auf der Flucht noch die Gebäude der Stadt in Brand, bevor er zu den anderen Affen zurückkehrt.

Buch VI. Hanumān berichtet Rāma ausführlich über seine Erlebnisse, und Rāma will nun möglichst rasch Sītā befreien. Zu diesem Zweck errichten die Affen eine riesige Brücke über den Ozean und belagern dann Lankā. Es kommt zu gewaltigen Kämpfen zwischen den beiden Heeren, und am Ende wird Rāvana von Rāma getötet. Damit ist die Schlacht entschieden, und Rāvanas Bruder Vibhīshana, der sich als einziger für die Freilassung Sītās eingesetzt hatte und übergelaufen war, wird zum neuen König geweiht.

Sītā ist nun befreit, doch es kommt zunächst nicht zu einer glücklichen Wiedervereinigung, da Rāmas Leute hinter vorgehaltener Hand die Frage aufwerfen, ob Sītā sich wirklich dem Rāvana ferngehalten habe und ihre Tugendhaftigkeit nicht dahin sei. Rāma glaubt unbeirrt an Sītā, doch gleichwohl verstößt er seine Gattin, die verzweifelt ihre Unschuld beteuert und um ein Gottesurteil bittet. Zu diesem Zweck wird ein Scheiterhaufen entzündet, in den sie unversehrt hineinschreitet, denn Agni schützt sie, und er führt sie schließlich ihrem Gatten in die Arme, indem er ihm bedeutet, dass Sītā ihm die ganze Zeit treu geblieben war. Rāma entgegnet, daran habe er nie gezweifelt, aber es sei notwendig gewesen, dies auch seinen Leuten deutlich zu machen. Schließlich kehren alle nach Ayodhyā zurück, wo Rāma zum König gesalbt wird und zum Wohle seines Volkes regiert.

Buch VII. Die eigentliche Geschichte ist nun erzählt, und man kann aus vielerlei Gründen davon ausgehen, dass dieses letzte Buch später als Anhängsel hinzugefügt wurde. Es enthält eine Reihe von Mythen und Legenden, die nicht direkt auf die Haupthandlung bezogen sind, wie auch einen Bericht über das weitere Leben Rāmas und Sītās, das nach vielen glücklichen Jahren am Ende von Tragik geprägt ist. Denn trotz der früheren Feuerprobe murrt das überaus sittenstrenge Volk nach längerer Zeit erneut über Sītā, da sie - nach dem Aufenthalt bei Rāvana - den anderen Frauen ein schlechtes Beispiel sei. Voller Schmerz sieht sich Rāma wiederum gezwungen, seine Gemahlin zu verstoßen, und lässt sie von Lakshmana in die Wälder bringen. Schließlich gelangt Sītā, die schwanger ist, zu dem Weisen und Dichter Vālmīki, der sie als Einsiedler liebevoll aufnimmt. Dort bringt sie die beiden Zwillinge Kusha und Lava zur Welt.

Eine Tages trifft es sich so, dass Rāma ein Rossopfer durchführen muss, und das Ritual erfordert eine Frau an seiner Seite. Seine Untertanen bedrängen ihn, wieder zu heiraten, doch diesmal widersetzt sich Rāma entschlossen den Wünschen des Volkes, indem er auf Sītā als alleinige Gemahlin verweist. Das Opfer wird dann mit einer goldenen Statue Sītās durchgeführt. Auch Vālmīki erscheint mit Kusha und Lava, die das vom Dichter verfasste *Rāmāyana* vortragen. Rāma erfährt nun, dass die Zwillinge seine eigenen Söhne sind, und lässt auch Sītā bringen. Als sie zu seiner Freude erscheint, melden sich die Tugendwächter unter seinen Untertanen wieder lautstark zu Wort und verlangen ein erneutes Gottesurteil. Mit Unterstützung Vālmīkis beteuert Sītā ihre Unschuld und ruft die Erdgöttin als Zeugin ihrer Treue an. Daraufhin öffnet sich die Erde, und die Göttin nimmt Sītā heim in ihre Welt, aus der sie einst so geheimnisvoll gekommen war - König Janaka hatte sie beim Pflügen in der Erde gefunden. Sītā heißt „Ackerfurche".

Rāma herrscht noch lange Zeit über sein Volk und überlässt den Thron am Ende seinen Söhnen Kusha und Lava, bevor er als Vishnu wieder in den Himmel zurückkehrt.

Aus der Sicht westlicher Leser wirft die oben erzählte Geschichte einige Fragen auf: Warum musste König Dasharatha gegenüber Kaikeyī unbedingt sein Wort halten, wo es doch so viel Leid nach sich ziehen würde? Warum konnte Rāma nach dem Tod des Königs nicht Bharatas Angebot annehmen, als Thronfolger nach Ayodhyā zurückzukehren? Und warum musste er dem Druck des Volkes nachgeben und Sītā dem demütigenden Gottesurteil unterwerfen?

Die Antwort liegt in einem extrem ausgeprägten Wahrheitsethos. Wahrheit gilt als essentielles Attribut des Göttlichen, und ihr verpflichtet zu bleiben, ist für den noblen Menschen eine unverzichtbare Pflicht. So bleibt Dasharatha seinem Versprechen, seinem Wahrheitswort, treu und nimmt alle Folgen in Kauf. Als Rāma Sītā der Feuerprobe ausliefert, empfindet er es als höhere Wahrheit, Frieden in seinem Volk zu sichern und allgemeine Unruhe zu vermeiden. Diesem höheren Gut ordnet er seine Liebe zu Sītā unter und muss sie deshalb der furchtbaren Agonie aussetzen.

Sītā ist auch die Leid-tragende, als Rāma in die Verbannung zieht und Bharatas Angebot einer Rückkehr ausschlägt - wiederum, weil er sich der Wahrheit gegenüber seinem (inzwischen schon verstorbenen) Vater verpflichtet fühlt. Doch auf eigenen Wunsch bleibt Sītā bei Rāma, indem sie auf den gewohnten Komfort des höfischen Lebens verzichtet. Ihr Leben ist völlig vereint mit jenem ihres Gatten, und es wäre ihr unvorstellbar, ohne ihn in Ayodhyā zu weilen. Für traditionelle Hindus verkörpert Sītā das Ideal der immer treuen Frau, die ihren Gemahl auf Gedeih und Verderb durchs Leben begleitet. Fast jeder Hindu träumt von einer solchen Frau, doch müssen wir anmerken, dass dieses Ideal des bedingungslosen Gehorsams in der indischen Gesellschaft zu Missbrauch und Ausbeutung seitens der Männer geführt hat.

Tatsächlich wird auch im Epos selbst deutlich, wie sehr Sītā eine tragische Figur ist, die unschuldig leidet und trotz einwandfreien Verhaltens ein Gottesurteil suchen muss, verbunden mit dem unsagbaren Schmerz, dass selbst ihr geliebter Gatte an ihr zu zweifeln scheint - eine schwere Prüfung ihrer Liebe. Im später hinzugefügten 7. Buch wird ihr Leid noch auf die Spitze getrieben, und Rāma erscheint herzlos, indem er dem Druck der Bevölkerung nachgibt. Deutlich tritt in diesem weniger hochwertigen Abschnitt der Geist eines extremen Puritanismus hervor, der eine Herabwürdigung der Frau impliziert, die sich einer unerträglichen Inquisition ausgesetzt sieht und sich schließlich dieser gnadenlosen Welt entzieht, indem sie auf immer in der Erde entschwindet.

Aber diese tragischen Aspekte sind dem Hindu-Leser oder -Hörer kaum bewusst. Rāma und Sītā werden als göttliche Inkarnationen gesehen, die eine hohe, ideale Wertewelt verkörpern, welche die indische Volksseele aufs Tiefste anspricht. Teils wird sogar Rāvana als Anbeter Rāmas gesehen, denn er hasst und bekämpft ihn zwar, doch kreisen seine Gedanken ständig um ihn, den Avatar, und so wird er letztlich auch mit dem Göttlichen verschmelzen.

Nicht nur von der Dramaturgie her, sondern auch dichterisch ist das Rāmāyana ein brillantes Werk. Verfasst wurde es von dem genialen Vālmīki in Shloka-Form, jenem Versmaß, das später große Bedeutung in der indischen Poesie erlangt. Der Shloka besteht aus zwei Verszeilen mit je zwei Pādas oder Gliedern aus 8 Silben, also insgesamt 32 Silben, deren Längen bzw. Kürzen teils vorgeschrieben, teils auch variabel sind.

Der Legende nach entdeckte Vālmīki das Versmaß, als er einst am Ufer eines Flusses spazieren ging und sah, wie ein Jäger das Männchen eines Reiherpaares während des Balzspieles tötete. Das Wehklagen des Weibchens berührte den Weisen so sehr, dass er spontan die Worte sprach:

mā nishāda pratishthām tvam agamah shāshvatīh samāh,
yat krauñca-mithunād ekam avadhīh kāmamohitam.

In der Übersetzung von Friedrich Rückert:

„Nimmer zur Ruh, o Wildjäger, sollst du kommen auf ew'ge Zeit,
Dass du des Reiherpaars einen, den liebestrunk'nen tötetest.“

Als Vālmīki später in seine Einsiedelei zurückkehrte, besuchte ihn der Gott Brahmā und ermunterte ihn, Rāmas Taten in dem neuen Versmaß zu schildern, was der Dichter sogleich tat. Zur allgemeinen Frage einer einheitlichen Autorschaft des Textes erklärt Sri Aurobindo:

> „Der Großteil des Gedichtes entstammt trotz vieler Zusätze offenbar einer einzigen Hand und verfügt über eine [im Vergleich zum Mahabharata] weniger komplexe, aber deutlichere Einheit in seinem Aufbau. Wir finden hier weniger vom philosophischen, mehr vom rein poetischen Geist, mehr vom Künstler, weniger vom Konstrukteur. Die ganze Geschichte ist von Anfang bis zu Ende aus einem Stück, es findet kein Abweichen vom Hauptstrom der Erzählung statt.“[28]

Ferner schreibt Sri Aurobindo zur inhaltlichen und gesellschaftlichen Bedeutung des Epos:

> „Das Thema ist dasselbe wie im Mahabharata, der Konflikt der göttlichen mit den titanischen Kräften im Leben auf der Erde, jedoch in reineren idealen Formen, in offensichtlich übernatürlichen Dimensionen und einem dichterischen Erhöhen sowohl des Guten wie des Bösen im menschlichen Charakter. Auf der einen Seite wird ein ideales Mannestum geschildert, die göttliche Schönheit von Tugend und sittlicher Ordnung, eine Zivilisation, die sich auf den Dharma gründet und eine Erhöhung des moralischen Ideals verwirklicht... Auf der anderen Seite finden sich wilde, anarchische und fast amorphe Kräfte von übermenschlichem Egoismus, Eigenwillen und triumphierender Gewalt. Beide Ideen und Mächte der mentalen Natur werden lebendig und verkörpert miteinander in Konflikt gebracht und zu dem entscheidenden Resultat eines Sieges des göttlichen Menschen über den Rakshasa [Titanen] geführt. “[29]

---

[28] *Die Grundlagen der indischen Kultur*, S. 279
[29] Ibid.

„Das Werk Valmikis war in der Heranbildung des kulturellen Geistes Indiens ein Instrument von beinahe unschätzbarer Kraft. Es bot ihm das lebendige menschliche Ebenbild seiner sittlichen Ideale, um in Gestalten wie Rāma und Sītā geliebt und nachgeahmt zu werden, in Gestalten, die so göttlich und mit einer solchen Offenbarung von Wirklichkeit gestaltet waren, dass sie zum Gegenstand ständigen Kultes und ständiger Anbetung wurden, oder in Charakteren wie Hanuman, Lakshmana, Bharata."[30]

Im folgenden geben wir als Beispiel einer gelungenen deutschen Nachdichtung einige Zeilen aus dem Rāmāyana IV.1 wieder. Rāma zeichnet seinem Bruder Lakshmana ein belebtes Bild der blühenden Natur im Frühling, die im Kontrast steht zu seinem tiefen Schmerz aufgrund der Entführung Sītās:

„Unter schweren Blütenlasten mächt'ge Bäume sich erheben,
Und Lianen um die Wipfel Blütenspitzenschleier weben.
Sanft und freundlich uns berührend wehen sandelkühl die Lüfte,
Uns belebend und erfrischend, mit sich führend süße Düfte.
Dieser Frühling, der die Vögel sich zu Sängern hat erkoren,
Weckt in mir den Gram um Sītā, die ich Armer nun verloren.
Mich, den Liebesbande fesseln, drückt und quält des Schmerzes Schwere,
Und nun ruft mich froh der Kuckuck, als ob froh ich selber wäre..."[31]

---

[30] Ibid., S. 280
[31] *Die Literaturen Indiens*, S. 103

Das Mahābhārata

„Das Mahābhārata ist - obwohl weder das größte noch kostbarste Meisterwerk der säkularen Literatur Indiens - gleichzeitig doch sein bedeutendstes und wichtigstes dichterisches Korpus. Als solches muss es im Mittelpunkt der Geschichte der Sanskrit-Literatur... stehen.“

Sri Aurobindo[32]

Das Mahābhārata ist eine der eindrucksvollsten Schöpfungen des indischen Geistes. In seiner umfassenden Größe und immensen Anzahl von Themen ist es ohne Parallele. Das breite Spektrum des Wissens, das hier ausgebreitet wird im Bereich von Geschichte, Recht, Yoga, Spiritualität, Philosophie und Psychologie legt die Vermutung nahe, dass nicht ein einzelner - wie auch immer begabter - Autor am Werk gewesen sein kann. Viele Sanskrit-Gelehrte stimmen in der Auffassung überein, dass das Mahābhārata ursprünglich ein Text von nur ungefähr 24 000 Versen war und dass dieser Kern des Heldengedichts dann im Laufe der Zeit von einer Reihe sekundärer Dichter und Barden erweitert wurde.

Man muss in diesem Zusammenhang daran denken, dass die Überlieferung in Indien vor allem mündlich erfolgte, die Texte wurden von reisenden Sängern an Königshöfen, bei Versammlungen in Dörfern und Städten vorgetragen und konnten leicht mit vielfältigem Sagengut angereichert werden. Schließlich erreichte das Epos in einigen Versionen einen Umfang von bis zu 100 000 Versen. Das Bhandarkar Oriental Research Institute in Pune unternahm von 1933 bis 1966 die schwierige Arbeit, aus über hundert Manuskripten den „konstituierten Text“ zu erarbeiten, der zwar nicht den ursprünglichen Nukleus darstellt, aber in Form von 73 900 Versen eine hervorragende Grundlage für alle Mahābhārata-Forschung bildet. Der

[32] *Vyāsa and Valmiki*, S. 3

Umfang des Textes übertrifft damit um ein Vielfaches jenen der uns im Westen bekannten Epen wie Ilias oder Odyssee. Als Autor gilt Vyāsa (s.u.), der einer Legende nach dem Gott Ganesha das gesamte Epos diktierte.

Der Inhalt ist in 18 Bücher unterteilt, als Anhang kommt noch das *Harivamsha-Purāna* hinzu, in dem Krishnas Leben beschrieben wird. Das Versmaß ist überwiegend der Shloka, obwohl sich auch andere Metren finden. Nur etwa die Hälfte des gesamten Textes beschäftigt sich mit der Haupthandlung, d.h. der Geschichte der Nachkommen des Königs Bharata, nach dem das Epos benannt ist. Der übrige Teil sind zahllose erzählende und belehrende Episoden, die in die Haupthandlung eingefügt sind, ohne notwendigerweise einen direkten Bezug auf sie zu haben. Einige dieser Geschichten wie jene vom König Nala oder von Sāvitrī und Satyavān gehören zum wertvollsten, was das Epos zu bieten hat.

Im folgenden fassen wir zunächst den Inhalt der Haupthandlung zusammen.

Einst lebte im alten Indien ein König namens Vichitravīrya. Er hatte zwei Frauen, Ambikā und Ambālikā, starb jedoch in jungem Alter kinderlos. Da auch sein Bruder keine Nachkommen hatte, wurde der Halbbruder Vyāsa von seiner Mutter Satyavatī gebeten, im Rahmen einer sogenannten „Leviratsehe" mit Ambikā und Ambālikā zusammenzukommen, um den Fortbestand der Dynastie zu sichern.

Der Yogi-Asket Vyāsa wollte, dass sich die beiden Frauen ein Jahr lang innerlich auf die Begegnung vorbereiteten, doch blieb dafür keine Zeit. Als sich nun Ambikā wider Willen mit ihm vereinigen musste, schloss sie die Augen, weswegen ihr Sohn Dhritarāshtra blind zur Welt kam. Ambālikā wiederum wurde ganz blass bei der nächtlichen Zusammenkunft mit Vyāsa und gebar den bleichen Sohn Pāndu.

Dhritarāshtra und Pāndu wuchsen gemeinsam am Hofe von Hastināpur auf, der Hauptstadt des Kaurava-Reiches, etwa 100 km nordöstlich vom heutigen Delhi. Dhritarāshtra wurde mit Gāndhārī verheiratet, der Prinzessin des Königreiches Gāndhāra am Westufer des Indus. Um das Schicksal ihres Gatten zu teilen, band sie sich ein Tuch um die Augen und trug es ihr Leben lang. Aufgrund einer übernatürlichen Fügung brachte sie hundert Söhne und eine Tochter zur Welt. Als erster wurde Duryodhana geboren, jedoch begleitet von vielen unheilvollen Zeichen und Phänomenen in der Natur.

Pāndu heiratete Kuntī, die Schwester von Krishnas Vater Vasudeva, sowie die Prinzessin Mādrī. Zwar war er aufgrund eines Fluches unfruchtbar, doch konnte Kuntī mithilfe eines Mantras, das ihr einst der Asket Durvāsā geschenkt hatte, einige Götter herbeirufen. Diese schenkten ihr die drei Söhne Yudhishthīra, Bhīma und Arjuna, während Mādrī mithilfe desselben Mantras die Zwillinge Nakula und Sahadeva zur Welt brachte.

Zunächst wird Pāndu zum König ernannt, weil sein Halbbruder blind ist. Doch er stirbt alsbald, so dass nun Dhritarāshtra die Herrschaft antritt. Pāndus fünf Söhne, die „Pāndavas", wachsen mit Dhritarāshtras hundert Söhnen, den „Kauravas" (benannt nach einem Vorfahren namens „Kuru"), am selben Hof auf, und es entstehen große persönliche Rivalitäten zwischen den Cousins. Komplikationen entstehen auch hinsichtlich der Thronfolge, denn Pāndu war zwar der jüngere Bruder, herrschte jedoch aufgrund der Behinderung Dhritarāshtras als erster. Schließlich wird Yudhishthīra von Dhritarāshtra zu seinem Nachfolger ernannt, was Duryodhana und seine Brüder äußerst erzürnt. Die Pāndavas entgehen knapp einem Mordanschlag Duryodhanas und tauchen unter.

Während dieser Zeit gelingt es Arjuna bei einem Wettbewerb im Bogenschießen, die schöne Prinzessin Draupadī, Tocher des mächtigen Königs Drupada, zur Frau zu gewinnen. Anschließend kommt es zu einem Streit und Kampf mit anderen Prinzen. Die Pāndavas, die als Brahmanen verkleidet aufgetreten waren, können sich durchsetzen und werden von Krishna unterstützt, der mit seinen Stammesleuten anwesend ist. Draupadī wird anschließend aufgrund einer bestimmten Begebenheit zur gemeinsamen Frau aller fünf Pāndavas.

Bald darauf wird die wahre Identität der Brüder offenbar. Der alte Dhritarāshtra teilt nun sein Königreich und schenkt den Pāndavas eine Hälfte, um die Rivalitäten zu beenden. Sie regieren hinfort aus ihrer neuen Hauptstadt Indraprastha.

Während eines Besuches in Dvāraka bei seinem Vetter Krishna verliebt sich Arjuna in Krishnas Schwester Subhadrā und heiratet sie. Die Freundschaft zwischen Arjuna und Krishna wird im Laufe der Zeit immer intensiver.

Indem nun die beiden Königreiche der Pāndavas und Kauravas parallel bestehen, beobachten die letzteren mit Neid und Argwohn, wie ihre Vettern und deren Reich deutlich besser prosperieren. So lädt Duryodhana schließlich Yudhishthīra zu einem Würfelspiel ein, bei dem der trickreiche Falschspieler Shakuni den noblen Pāndava Runde für Runde besiegt.

Yudhishthīra verspielt dabei sein gesamtes Königreich, schließlich auch sich selbst, seine Brüder und sogar Draupadī. In einer höchst dramatischen Szene wird die Frau der fünf Pāndavas in die Halle gezerrt, und ein Bruder Duryodhanas versucht, sie zu entkleiden. Da ruft Draupadī verzweifelt Krishna an (der nicht persönlich anwesend ist), und es geschieht ein Wunder: Draupadīs Sari verlängert sich schier endlos, indem Duhshāsana daran zieht. Schließlich müssen die Pāndavas und Draupadī dann 12 Jahre ins Exil gehen und zusätzlich ein Jahr inkognito leben. Sie bringen diese Zeit erfolgreich hinter sich und gewinnen im letzten Jahr einen neuen mächtigen Verbündeten in König Virāta, dessen Tochter Arjunas Sohn Abhimanyu zur Frau gegeben wird.

Als die Zeit des Exils zu Ende geht, spitzt sich die Lage zu, denn es war von Dhritarāshtra verfügt worden, dass die Pāndavas nach der Verbannung wieder in ihr Königreich zurückkehren dürften. Doch die Kauravas unter Duryodhanas Führung sind unter keinen Umständen bereit, jenen Teil des Reiches an die Pāndavas abzutreten, der ihnen nun rechtmäßig zusteht. Daraufhin bemühen sich beide Parteien, weitere Verbündete für einen offenbar unausweichlichen Krieg zu finden. Nach vielen vergeblichen Schlichtungsversuchen kommt es schließlich zur Schlacht, und deren Details werden Dhritarāshtra von seinem Kutscher Sañjaya berichtet, der die okkulte Gabe der „Fernsicht" erhält und dem König auch Arjunas Dialog mit Krishna, die Bhagavad Gītā, erzählt.

Krishna greift selbst nicht aktiv in den Kampf ein, wirkt jedoch als Arjunas Wagenlenker mit und stärkt ihm durch seine Anwesenheit und spirituelle Kraft den Rücken. Die Schlacht dauert achtzehn Tage und wird detailliert beschrieben. Am Ende werden die Kauravas besiegt. Auf beiden Seiten überleben nur sehr wenige Kämpfer, darunter auch die fünf Pāndavas und Krishna.

Nach den Ritualen für die Toten wird Yudhishthīra zum neuen König geweiht. Daraufhin begibt sich Krishna mit den fünf Pāndavas wieder aufs Schlachtfeld, wo der von allen geliebte Familiensenior Bhīshma noch am Leben ist. Er wurde schon am zehnten Tag auf Seiten der Kauravas schwer verwundet, kann jedoch aufgrund eines Segens seinen Todeszeitpunkt selbst bestimmen. Bevor er seinen Körper aufgibt, hält er den Brüdern nun lange Vorträge über die Pflichten eines Königs, über Recht und Philosophie, über Yoga, Mantra, Sānkhya, Karma, Ātman und Ahimsā (Gewaltlosigkeit). Ein besonderer Abschnitt widmet sich Krishna-Narāyana als dem höchsten Wesen.

Yudhishthīra herrscht fünfzehn Jahre lang gerecht über seine Untertanen, während Dhritarāshtra noch weiter lebt. Am Ende zieht sich der alte

König jedoch mit seiner Gattin zur Askese in die Wälder zurück und stirbt drei Jahre später. Achtzehn Jahre später geht auch Krishna dahin, als ihn versehentlich der Pfeil eines Jägers trifft. Tief trauernd über seinen Tod suchen die Pāndavas sich von der Welt zu lösen und begeben sich in Begleitung Draupadīs auf den Berg Meru. Mit Ausnahme Yudhishthīras sterben alle vor Ort. Da erscheint Indra dem Ex-König und will ihn - nur allein - in den Himmel geleiten. Doch Yudhishthīra möchte nicht ohne seine Brüder und seinen Hund, den er mitführt, dorthin gelangen. Der Hund offenbart sich daraufhin als Dharma, der Gott der Gerechtigkeit, der in dieser Form Yudhishthīras Treue geprüft hat.

Indra verspricht Yudhishthīra, er werde seinen Brüdern und Draupadī im Himmel begegnen, aber als Yudhishthīra dort eintrifft, sieht er zu seinem Erstaunen Duryodhana auf einem Thron sitzen, während seine Brüder und Draupadī nirgendwo zu finden sind. Er bittet darum, ihn zu deren Aufenthaltsort zu führen, und landet in der Hölle, wo er sie in Qualen sieht. Yudhishthīra beschließt, bei ihnen zu bleiben, doch da erscheint wieder Indra und klärt ihn auf, dass alles nur eine Illusion und Prüfung für ihn war. In einem göttlichen Körper findet Yudhishthīra dann seine Verwandten und Freunde im Himmel wieder.

Am Ende wird noch offenbart, dass alle Helden und Heldinnen Inkarnationen von Göttern und Göttinnen gewesen seien und dass sie jetzt wieder mit ihrem Ursprung vereinigt sind.

Diese Zusammenfassung des Inhalts gibt nur in groben Zügen den höchst umfassenden und vielschichtigen Handlungsablauf wieder. Trotzdem wird deutlich, welch ein Drama sich in diesem großen Epos entfaltet. Wir begegnen einer Vielfalt profilierter Akteure, vom König bis zum Avatar, vom mächtigen Schurken bis zum weisen Rishi. Und wir begegnen auch einer wirklich außergewöhnlichen Frau - Draupadī, der Gattin der fünf Pāndavas. Sie ist *keine* Sītā, sondern, in unserer modernen Terminologie, eine Power-Frau.

Als Yudhishthīra beim fatalen Würfelspiel schon alles verloren hat einschließlich der Freiheit seiner selbst und seiner Brüder, benutzt er Draupadī als letzten Einsatz für die letzte Runde, und verliert auch sie. Einer von Duryodhanas verrohten Brüdern zerrt sie in den Versammlungssaal. Doch die mutige Frau setzt sich vehement zur Wehr und plädiert vor einer riesigen Versammlung ehrwürdiger und weniger ehrwürdiger Männer beider Parteien für ihre Freiheit.

Wie konnte Yudhishthīra sie überhaupt einsetzen - so fragt sie-, nachdem er bereits selbst seine Freiheit verloren hat? Damit fordert sie ein ungeschriebenes Gesetz heraus, welches besagt, dass eine Frau wie ein Schatten dem Mann folgt und keine eigenständige Freiheit besitzt. Alle schweigen, auch die anwesenden weisen Männer, keiner traut sich, der verzweifelten Frau zur Hilfe zu kommen. Da erhebt sich Vikarna, ein Kaurava-Prinz, und hält das vielleicht erste Plädoyer für die individuellen Rechte einer Frau in der Geschichte der Menschheit. Er wendet sich an die noblen Männer in der Versammlung, ruft sie auf, sich für Draupadī zu erklären, und setzt sich dann engagiert für ihre Freiheit ein, indem er ausführt, dass Yudhishthīra sie im Rausch des Spiel eingesetzt habe, nachdem er selbst schon seine eigene Freiheit verspielt hat.

Der mutige Vikarna, der in seiner Wertschätzung der Rechte von Frauen seiner Zeit weit voraus ist, bekommt zwar höflichen Beifall in der Versammlung, doch die Kauravas setzen zum Gegenangriff an und bringen Vikarna zum Schweigen. Als nun Draupadī vor aller Augen entkleidet werden soll, bleibt nur Krishna, um sie zu retten.

Welch ein Paradox in dieser patriarchalischen Gesellschaft: am Ende erlöst Draupadī nicht nur sich selbst, sondern auch ihre kampfstarken Gatten Arjuna und Bhīma, die sich gezwungen sahen, Yudhishthīra als ältesten Bruder gewähren zu lassen, denn so gebietet es der Familien-Dharma. Diese Szene ist wohl die dramatischste im ganzen Text.

An vielen Stellen im Epos wird die Handlung von Krishna begleitet, dem Vetter der Pāndavas, der sich auf ihre Seite stellt, weil sie gegenüber den Kauravas für den Dharma einstehen, was nicht heißen soll, dass sie Heilige sind. Die Kauravas dagegen haben durch viele Aktionen ihre völlige Skrupellosigkeit gezeigt und sind auch nicht bereit zu Verhandlungen, als der Krieg droht.

Das Gemetzel, das in mehreren Büchern des Epos beschrieben wird, ist furchtbar. Aber eine Lektüre wie die des Mahābhārata stachelt nicht zur Gewalt an, sondern führt vielmehr zu einer Art Katharsis durch inneres Miterleben des unsagbaren Leids. Auch nach der Schlacht, im letzten Buch, erleben wir noch einmal einen dramatischen Augenblick, als Yudhishthīra nicht seine Leute, sondern die Gegner im Himmel findet. Aber er bleibt unerschüttert, ist so stark im Dharma verwurzelt, dass er ihm stets folgen will, selbst wenn der Lohn nur die Hölle ist. Doch schließlich erfolgt die befreiende Auflösung der dramatischen Spannung, und die Guten sitzen nunmehr auf dem wohlverdienten Thron.

Unendlich vielfältig ist die Weisheit, die in den 18 Büchern ausgebreitet wird, und es finden sich viele Passagen mit ähnlichem Wortlaut wie in der Bhagavad Gītā oder in der Bibel. Im folgenden geben wir eine Leseprobe mit einem Text, in dem Yudhishthīra fast wie ein Jesus bei der Bergpredigt klingt. Der Anlass ist eine Auseinandersetzung mit Draupadī während der Zeit im Exil, der zwangsweisen Verbannung. Sie will, dass ihre Gatten kämpfen und dem Spuk ein Ende setzen, doch der sanftmütige Yudhishthīra plädiert für Frieden und Vergebung:

> „Ein weiser Mensch sollte immer vergeben: denn wenn er alles hinnimmt, wird er zu Brahman. Diese Welt, und auch die nächste, gehört jenen, die Nachsicht üben. Hier erfahren sie Ehre, und hiernach reisen sie auf dem guten Pfad. Jene, deren Zorn stets durch Vergebung aufgefangen wird, gehören den höchsten Welten an; deshalb gilt Vergebung als das Höchste."[33]
>
> „Wenn es unter den Menschen keine Personen gäbe, die so nachsichtig sind wie die Erde, gäbe es keinen Frieden unter ihnen, denn Krieg wurzelt im Ärger. Wenn die Unterdrückten selbst unterdrücken würden, wenn jemand, der von seinem Lehrer geschlagen wird, zurückschlagen würde, so würde dies das Ende aller Geschöpfe bedeuten und Adharma würde vorherrschen."[34]

Draupadī wehrt sich in ihrer Replik heftig gegen Yudhishthīra und seine Philosophie der Sanftmut und Tugend. Sie wirft eine Frage auf, die viele Menschen aller Zeiten und Kontinente bewegt: Warum müssen die Guten (die Pāndavas in der Verbannung) leiden, während die Bösen (die Kauravas) Wohlstand und Luxus genießen? Welch

---

[33] Mbhr. 3.30.42-44

[34] Mbhr. 3.30.26-27

ein ungerechter Gott, der hinter einer solchen Welt steht - „der launische gesegnete *Herr* spielt mit den Geschöpfen wie ein Kind mit seinem Spielzeug... Wenn ich sehe, wie die Edlen, Gerechten und Bescheidenen in ihrem Lebensweg geplagt werden, während die Unedlen glücklich sind, bin ich wirklich schockiert!“[35]

Doch Yudhishthīra erwidert unbeirrt:

> „Ich handle nicht, weil ich die Früchte rechter Handlung suche. Ich gebe, weil ich geben muss. Ich opfere, weil ich opfern muss. Ob es Früchte trägt oder auch nicht, ich tue nach bestem Vermögen, was ein Haushälter tun sollte. Ich folge dem Dharma nicht aufgrund seiner Früchte, sondern um mich an die Traditionen zu halten und rechtes Verhalten zu üben. Ganz natürlich hält sich mein Geist an das Gesetz.“[36]

An diesem Beispiel wird deutlich, auf welch hohem Niveau menschliche Fragen im Epos abgehandelt werden, und dies macht seinen besonderen Wert für den Hindu aus, denn er findet hier zahllose Probleme wieder, die ihn selbst in seinem Leben beschäftigen und für die er eine Lösung sucht oder doch tröstende Weisheit.

Bemerkenswert ist, dass es im Mahābhārata außer Draupadī eine Reihe anderer Frauen gibt, die mehr als eine Nebenrolle spielen und vom Dichter als Charaktere mit viel Leben erfüllt werden, z.B. Kuntī, die Mutter der Pāndavas und Schwester von Krishnas Vater Vasudeva. Unauffällig wirkt sie im Hintergrund und lenkt mehrfach durch kluges Eingreifen die Geschicke ihrer Familie.

Doch wir wollen an dieser Stelle auch auf die bereits erwähnten vielen Episoden zu sprechen kommen und wenden uns Sāvitrī zu, einer weiteren mutigen und außergewöhnlichen Frau. Ein Rishi erzählt die Geschichte Yudhishthīra, als er sich erkundigt, ob es je eine Frau gegeben habe, die ihrem Gatten so ergeben war und so viel für ihn getan hat wie Draupadī für die Pāndavas:

---

[35] Mbhr. 3.31.36-38

[36] Mbhr. 3.32.2-4

König Ashvapati ist kinderlos und begibt sich für lange Zeit in den Wald, um durch Askese die Götter zu bewegen, ihm seinen Wunsch nach Nachkommen zu erfüllen. Nach 18 Jahren erscheint ihm die Göttin Sāvitrī und sagt ihm die Geburt einer wunderbaren Tochter zu, die auch den Namen Sāvitrī erhält. Ihre Ausstrahlung ist so stark, dass kein Prinz um ihre Hand anzuhalten wagt. Daher weist ihr Vater sie an, auf Reise zu gehen und sich selbst einen Gatten zu suchen.

Nach zwei Jahren findet sie Satyavān, den Sohn eines blinden Königs, der aus seinem Königreich vertrieben worden war und im Exil lebt. Sāvitrī kehrt nach Hause zurück und berichtet von ihrer Wahl, doch es trifft sich so, dass gerade der Götterbote und Seher Nārada zugegen ist und die Warnung ausspricht, es sei Satyavāns Bestimmung, in 12 Monaten sterben zu müssen.

Sāvitrī hält jedoch an ihrem Wort fest und heiratet den Prinzen. Bis der Schicksalstag kommt, widmet sie sich intensiven spirituellen Praktiken mit Askese, Gebet und Meditation. Schließlich erscheint der Todesgott Yama und führt die Seele Satyavāns mit sich davon. Sāvitrī folgt Yama ins Reich des Todes und lässt sich nicht von ihm abweisen, sondern verwickelt ihn in ein tiefen philosophischen Dialog. Am Ende ist Yama so beeindruckt von ihrer Weisheit und Beharrlichkeit, dass er ihr das Leben Satyavāns schenkt und sogar seinen Segen für ein langes, glückliches Leben erteilt. Das *happy end* ist nun vollständig, denn Sāvitrī hatte im Verlaufe des Dialogs von Yama auch als Gunst erbeten, dass Satyavāns Vater sein Augenlicht und sein Königreich zurückgewinne, was zeitgleich mit Satyavāns Erwachen geschehen ist.

In den Episoden finden wir auch die zahllosen Geschichten von Asketen, Heiligen und Weisen, die ein wesentliches Element des Epos ausmachen. Wir begegnen Asketen, die extremen Praktiken nachgehen, indem sie kaum Nahrung zu sich nehmen oder jahrelang auf einem Bein stehen oder einen Arm hochstrecken. Wir begegnen Weisen, die abgeklärt über den Dingen stehen, und Yogis mit seltenen Siddhis, übernatürlichen Fähigkeiten. Vyāsas Sohn Shuka z.B. ist eine vollkommen reine Seele und ein Siddha-Yogi, der selbst durch die Luft zu fliegen vermag. Wir treffen heilige Brahmanen, die Gästen selbstlos etwas zum Essen anbieten, auch wenn sie kaum genug haben, ihren eigenen Hunger zu stillen. Und wir begegen Sanatsujāta, dem unsterblichen Yogi, der sich vor dem großen Krieg wie aus dem Nichts vor Dhritarāshtra manifestiert und mit weisen Worten die Seele des Königs stärkt. Eine für die Haupthandlung wichtige Rolle spielt der verschrobene Asket Durvāsā, der Kuntī in ihrer Jugend ein Mantra schenkt, mit dessen Hilfe später ihre Söhne Yudhishthīra, Arjuna und Bhīma geboren werden.

So gibt das Mahābhārata alle positiven und negativen Aspekte des indischen Lebens und der indischen Kultur wieder, und in diesem Sinne sagte der Mahābhārata-Kommentator und Übersetzer P. Lal sehr zutreffend:

„Vyasas Epos ist ein Spiegel, in dem der Inder sich ungeschönt selber sieht.“[37]

---

[37] *The Mahabharata of Vyasa* (New Delhi 1980), S. 3

Die Bhagavad Gītā

Die Bhagavad Gītā ist die bekannteste Schrift der Sanskrit-Literatur. Nicht nur in Indien, sondern weltweit fand sie Beachtung als herausragendes spirituelles Werk, das in zahllose Sprachen übersetzt wurde. Man könnte sagen, sie hat für die Hindus dieselbe Bedeutung wie die Bibel für Christen.

Die Gītā erscheint in Mahābhārata VI.25-42 und umfasst 18 Kapitel mit insgesamt 701 Versen. Sie gibt einen Dialog zwischen Krishna und Arjuna wieder, kurz bevor die große Schlacht zwischen den Pāndavas und den Kauravas beginnt. Beide Heere sind aufmarschiert und in Kampfordnung aufgestellt. Krishna ist Arjunas Wagenlenker und fährt ihn auf seinen Wunsch vor die gegnerischen Linien, wo er unter den Kauravas zahlreiche geschätzte Bekannte und Verwandte erblickt. Denn auch ehrwürdige Männer wie der Waffenlehrer Drona oder der Familiensenior Bhīshma kämpfen auf Seiten der Kauravas, da sie an deren Hof leben und ihnen Loyalität bezeigen, auch wenn sie ihr Verhalten gegenüber den Pāndavas nicht billigen. Beim Anblick dieser Menschen wird Arjuna von Zweifeln überwältigt und kann keinen Sinn darin sehen, eine solche Schlacht zu schlagen, selbst wenn sie gewonnen würde.

Krishna jedoch erinnert ihn an sein Kshatriya-Dharma, seine Pflicht, einen gerechten Kampf gegen die Kräfte der Falschheit zu kämpfen. Und er fügt hinzu, dass auf einer höheren, göttlichen Ebene der Sieg der Guten schon beschlossen sei und er nun nur seine Rolle spielen müsse.

Eingeflochten in diese Thematik sind lange Vorträge Krishnas über verschiedene Yoga-Wege, insbesondere den dreifachen Pfad von Karma-, Jñāna- und Bhakti-Yoga, ergänzt durch viele weitere Ausführungen. Diese Vorträge sind zum Teil nicht mehr mit dem ursprünglichen Anlass des Dialogs verknüpft, sondern eigenständige Abhandlungen zum jeweiligen Yoga-Thema. Erst am Ende wird der Faden wieder aufgenommen, und Arjuna erklärt, seine Zweifel seien ausgeräumt und er selbst zum Kampf bereit.

Die Gītā wurde in Indien von vielen bekannten Yogis in Vergangenheit und Gegenwart kommentiert. Auch ein Gandhi sah in ihr eine höchste Quelle der Inspiration. Autoren wie er, die sich der Doktrin absoluter Gewaltlosigkeit verpflichtet sehen, blenden den Hintergrund der Mahābhārata-Schlacht aus und sehen den äußeren Kampf nur als Allegorie, wobei Vorgänge, die sich tatsächlich in uns selbst abspielen, symbolisiert werden, d.h. das Ringen zwischen den lichtvollen und dunklen Kräften in unserem Wesen. Allerdings können wir nicht den viel zitierten Vers 4.7 außer Acht lassen, wo Krishna erklärt:

> „Immer wenn Dharma verfällt und Adharma wächst, manifestiere ich mich."

An dieser Stelle präsentiert sich der Avatar nicht als Weisheitslehrer, der gekommen ist, um Suchern spirituelle Lehren zum Zwecke ihrer persönlichen Befreiung zu vermitteln, sondern es geht offensichtlich um sein Eingreifen in die Evolution und das Weltgeschehen, indem die Kräfte des Dharma aktiv unterstützt und gefördert werden. Freilich gelangen verschiedene Interpreten bei dieser speziellen Frage zu ungleichen Erkenntnissen, wie dies bei der Deutung heiliger Schriften oft der Fall ist. Wir sollten jedoch erwähnen, dass bekannte Kommentatoren früherer Jahrhunderte wie Shankara oder Rāmānuja nicht den Versuch unternahmen, das Geschehen der Gītā von der Gesamthandlung des Mahābhārata und der aktuellen Situation im Epos zu abstrahieren.[38]

Der dreifache Pfad

Karma ist im Sanskrit in der Grundbedeutung das aktive Handeln (aber in einer weiteren Bedeutung auch dessen Folgen). So ist Karma Yoga der Yoga der Werke. Der Mensch, so wird ausgeführt, kann

[38] Westliche Indologen vertreten dagegen die Ansicht, dass die Gītā erst nachträglich in das Epos eingefügt worden sei, doch ist auch dies eine Frage subjektiver Einschätzung.

gar nicht anders, als ständig tätig zu sein, selbst im Ruhezustand atmet er noch. Tätigkeit als solche zu unterdrücken, ist nicht der rechte Weg, sondern sie soll *nishkāma* sein, d.h. selbstlos und ohne nach den Resultaten und dem Lohn zu fragen. Im Idealfall wird sie Krishna, dem Göttlichen, als Opfergabe dargebracht.

Unterstützt wird der Karma Yoga durch den Yoga der Erkenntnis. Durch wachsendes Unterscheidungsvermögen erkennt der Jñānī die Welt der Erscheinungen als vergänglich und realisiert, dass hinter ihr die unwandelbare, unvergängliche Wirklichkeit des Selbstes steht. Loslösung, Gleichmut, Entsagung und Läuterung des Denkens sind wichtige Mittel zur Befreiung.

Als dritter Weg wird in der Gītā der Bhakti Yoga dargelegt, der als der kürzeste Pfad gilt. Die große Bedeutung der Gottesliebe wird vielfach in der Gītā herausgehoben und ist von entscheidender Wichtigkeit. Diejenigen, die Krishna, der göttlichen Inkarnation Vishnus, *bhakti* entgegenbringen, werden von Leid und Sorge befreit, finden ihren inneren Frieden und gelangen zu Ihm.

Wir geben im Folgenden einige Verse wieder, die die Essenz dieser drei Lehren wiederspiegeln, welche letztlich nicht getrennt zu sehen sind, sondern in einer Einheit verschmelzen:

„Du hast ein Recht auf Werke, nicht jedoch auf deren Früchte."

„Aus dem Yoga heraus tue deine Werke, Arjuna, ohne Anhaftung."

„Wer von Glauben erfüllt ist und Meister seiner Sinne, konzentriert auf das Höchste, der erlangt Wissen. Wenn er Wissen erlangt hat, geht er alsbald in den höchsten Frieden ein."

„Wer mich überall sieht und alles in Mir, dem gehe ich nicht verloren, noch geht er mir verloren."

„Richte deinen Geist auf mich, sei Mir ergeben, bringe mir Opfer dar und verneige dich vor Mir. Wenn du dich so ganz mit Mir vereinst und Ich dein höchstes Ziel bin, wirst du zu Mir gelangen."

„Selbst ein wenig von dieser Yoga-Praxis bewahrt vor großer Sorge."[39]

Das Weltbild der Gita

In ihrem philosophischen Weltbild integriert die Gītā eine Reihe von Grundgedanken der traditionellen vedischen Philosophie. Wir begegnen Ātman und Brahman - dem unsterblichen spirituellen Selbst im Menschen und dem allumfassenden Absoluten; und auch Purusha und Prakriti, den Prinzipien Urgeist-Schöpfer des Universums sowie Natur, dem Erschaffenen. Darüber hinaus kennt die Gītā den Purushottama, ein höchstes göttliches Wesen, das - noch über dem unpersönlichen Brahman stehend - den Lauf der Welt letztlich lenkt. Er ist „der Ursprung und die Auflösung des Universums", alles ist auf ihm „aufgefädelt wie eine Reihe von Perlen auf einer Schnur".

Die kosmische Verschleierung, *māyā*, bewirkt das Vergessen des inkarnierten Menschen und seine Verstrickung im Kreislauf der Geburten. Die Befreiung aus diesem endlosen Zyklus wird *mukti* oder *moksha* genannt. Auch der Gedanke von Karma und Wiedergeburt wird angesprochen, insbesondere in Kapitel II.22 und VI.37-44. Im ersteren Vers heißt es:

> „So wie abgetragene Kleider abgelegt und neue angelegt werden, so legt auch das verkörperte Selbst abgetragene Körper ab und tritt in andere, neue ein."

Ein Höhepunkt in der Gītā ist im 11. Kapitel Arjunas Vision von Vishnu-Krishna als Allgott, in dessen Leib die ganze Welt mit ihren Göttern und Wesen vereinigt ist. Diese Erfahrung ist so überwältigend wie „das Licht von tausend Sonnen", und Arjuna kann sie kaum ertragen. Viele andere Dinge werden in der Gītā vorgetragen, zum Beispiel Grundlagen der Meditation oder Ausführungen über die drei Gunas, d.h. die Grundeigenschaften der Natur: *tamas*, Trägheit und Passivität; *rajas,* Leidenschaft und dynamische Kraft; *satt-*

---

[39] Bhagavad Gītā II.47; II.48; IV.39; VI.30; IX.34; II.40

va, Ausgeglichenheit und Klugheit. Obwohl es als erstrebenwert gilt, *sattva* zu manifestieren, sollen letztlich alle drei Modi transzendiert werden:

> „Du aber werde frei von den drei Gunas, o Arjuna! Sei ohne Gegensätze und immer fest im wahren Sein gegründet, frei von dem Verlangen nach Erwerb und Besitz.“ (II.45)

Die Rezeption im Westen

Die erste englische Übersetzung der Gītā erfolgte bereits 1785 durch Charles Wilkins, einen Beamten der Englisch-Ostindischen Kompanie. Der Dichter Friedrich Schlegel veröffentlichte 1808 einige Auszüge in eigener deutscher Übertragung, während sein Bruder August Wilhelm 1823 eine lateinische Übersetzung vorlegte. Die ersten vollständigen Übertragungen in deutscher Sprache wurden dann von den Indologen Richard Garbe und Paul Deussen herausgebracht, viele weitere folgten später nach. Der Philosoph Friedrich Hegel gehörte zu den prominenten Denkern, die den Inhalt der Gītā erforschten. Bemerkenswert ist die Würdigung des Autors und Indologen Helmuth v. Glasenapp, aus der wir hier zum Abschluss zitieren:

> „Mag der europäische Geschmack sich auch an Einzelheiten stoßen, wahr bleibt doch, was Wilhelm von Humboldt von der Gītā gesagt hat, wenn er sie als das schönste, ja vielleicht das einzige wahrhaft philosophische Gedicht bezeichnet, das alle uns bekannten Literaturen aufzuweisen haben, denn kein anderes Lehrgedicht weiß wie die Gītā, völlig frei von den starren Grenzen einer engherzigen Dogmatik, so mannigfache Anschauungen miteinander zu verbinden und den Lesern der verschiedensten Kreise, Schulen und Richtungen poetischen Genuss, ethische Belehrung und religiöse Erbauung zu spenden.“[40]

---

[40] *Die Literaturen Indiens*, S. 122

Die Purānas

Kaum ein Volk in der Welt ist so erzählfreudig wie das der Inder, und so gibt es neben den sehr umfangreichen Epen auch noch einige hunderttausend Verse „Purānas". *purāna* bedeutet „alt" und meint „alte Erzählungen". Diese beinhalten Mythen, Legenden, Historie, Gedanken zu Schöpfung und Weltuntergang ebenso wie Astrologie, Magie, Medizin und spirituelle Philosophie. Schon im Atharvaveda und in den älteren Upanischaden finden sich Hinweise auf Purānas, die offenbar seit ältester Zeit verfasst wurden, wobei jedoch eine Datierung sehr schwierig ist. Wahrscheinlich wurde das Material eines Kernpuranas immer wieder aufgegriffen und bis in die vergangenen Jahrhunderte neu bearbeitet und nach Belieben modifiziert und ergänzt.

Heute kennen wir 18 Mahāpurānas (große Purānas) und 18 Upapurānas (Nebenpurānas). All diese Texte sind in Versen geschrieben und stellen der äußeren Form nach jeweils den Dialog zwischen einem erleuchteten Lehrer und seinem Schüler dar. Ihr wichtigstes Element ist die Gottesanbetung, wobei Vishnu oder Shiva oder Brahmā im Mittelpunkt stehen (obgleich jeweils auch eine andere Gottheit eine herausragende Rolle spielen kann). Dementsprechend werden die 18 Mahāpurānas nach ihrer grundsätzlichen Ausrichtung in drei Grupen von je sechs unterteilt:

Vaishnava-Purānas: *Vishnu-, Bhāgavata-, Padma-, Nārada-, Garuda-* und *Varāha-Purāna.*

Shaiva-Purānas: *Matsya-, Linga-, Skanda-, Kūrma, Shiva-* und *Agni-Purāna.*

Brāhma-Purānas: *Brahma-, Brahmavaivarta-, Vāmana-, Brahmānda-, Mārkandeya-* und *Bhavishya-Purāna.*

Hinzu kommt noch das schon erwähnte *Harivamsha-Purāna*, das als Anhang zum Mahābhārata herausgegeben wurde. Es gehört mit zu den wichtigeren Purānas und erhält große Bedeutung durch seine ausführliche Schilderung des Lebens Krishnas:

In der Stadt Mathurā herrscht der grausame König Kamsa. Eines Tages erscheint der Götterbote Nārada und prophezeit dem König, er werde zu einem späteren Zeitpunkt vom Sohn seiner Tante Devakī getötet werden. Um dies zu verhindern und seinem Schicksal zu entgehen, lässt der Tyrann alle Kinder Devakīs gleich nach ihrer Geburt umbringen, aber das siebte Kind, Balarāma, kann durch wundersame Verpflanzung in einen anderen Mutterschoß gerettet werden.

Schließlich strebt der Gott Vishnu persönlich eine menschliche Inkarnation an und wird als Devakīs Sohn Krishna geboren. Zu seiner Rettung vor Kamsas Zugriff wird er von den Eltern sogleich mit der Tochter des Hirten Nanda ausgetauscht und wächst zusammen mit Balarāma in der Hirtenfamilie auf.

Krishna besteht eine Reihe von Abenteuern und Gefahren und verbringt viel Zeit mit den Gopīs, den Hirtinnen der Region, die er in mancherlei Spiele und Tändeleien hineinzieht. Als Kamsa erfährt, dass Krishna am Leben ist, lädt er ihn ein, in Mathurā an Kampfwettspielen teilzunehmen, plant aber in Wirklichkeit, ihn durch seine besten Kämpfer umbringen zu lassen. Doch Krishna erweist sich ihnen allen als überlegen und besiegt sie souverän. Daraufhin versucht Kamsa persönlich, Krishna zu verjagen, findet jedoch den Tod.

Darüber ist Kamsas Schwiegervater, der mächtige König Jarāsandha, schwer erzürnt und zieht mit seiner Armee nach Mathurā, um Kamsas Tod zu rächen. Er belagert die Stadt, doch werden seine Angriffe immer wieder von Krishna und seinen Leuten zurückgeschlagen. Weitere Komplikationen und Kämpfe entstehen, als sich Krishna die schöne Rukminī gegen den Willen ihres Vaters zur Frau nimmt. Doch Krishna kann sich durchsetzen und hat später 10 Söhne mit Rukminī. Es wird noch hinzugefügt, er habe außer ihr weitere 16 007 Frauen gehabt.

Ein Hauptaspekt dieser Geschichten ist, dass Krishna als göttliche Inkarnation am Ende siegreich über böse Menschen und Dämonen bleibt, die in Gestalt tyrannischer Herrscher und anderer Wesen den rechten Lauf der Welt gefährden. Gegenüber dem Hass und der Menschenverachtung der Tyrannen manifestiert Krishna mit den Gopīs universelle Liebe und Zuwendung. Für die Anhänger Krishnas, die Vishnuiten, ist Bhakti, Gottesliebe, das prägende Element ihres spirituellen Weges. Sie schätzen insbesondere das *Bhāgavata-Purāna*, das Krishnas Leben und seine Liebesspiele mit den

Gopīs in Vrindāvan noch viel ausführlicher als das Harivamsha Purāna beschreibt.

Wahrscheinlich ist das *Bhāgavata* im 10. Jh. entstanden. Es hatte einen immensen Einfluss auf das religiöse Leben in Indien und nimmt für die Vishnuiten einen gleichen Rang wie die Bhagavad Gītā ein. 18 000 Verse von großer sprachlicher Schönheit beschreiben die Inkarnationen Vishnus auf Erden, zu denen sogar der Buddha gerechnet wird. Das zehnte von zwölf Büchern widmet sich speziell Krishna und den Gopīs, wobei die puranischen Autoren die Begegnungen mit den Hirtinnen von Vrindāvan sehr farbig schildern.

Krishna, geschmückt mit Pfauenfedern und erlesenen Blumen, in leuchtende Gewänder gekleidet, spielt himmlische Melodien auf der Flöte, welche wie ein Symbol des Göttlichen ist, das seine Anbeterinnen zu sich ruft. Ein großes Ereignis in der Gemeinschaft mit den Hirtenmädchen ist der Rasa-Tanz oder Ekstase-Reigen. Nach einer Zeit schmerzvoller Trennung zeigt sich Krishna eines Tages wieder den Mädchen und führt sie zum Ufer der Yamunā. Alle versammeln sich zum Tanz um den göttlichen Liebhaber und drängeln sich, um ihm so nahe wie möglich zu sein. Da nimmt Krishna in seiner Gnade zahlreiche Körper an, so dass er jeweils zwischen zwei Gopīs steht und einer jeden von ihnen die Hand hält, gleichzeitig aber auch weiter im Zentrum des Kreises bleibt. Es ist ein göttliches Spiel, in dem der *Herr* mit seinen eigenen Widerspiegelungen tanzt. Selbst die Göttinnen im Himmel sehnen sich danach, an diesem einmaligen Ekstase-Tanz teilzuhaben. Erst am Morgen kehren die Gopīs, von unsagbarer Freude erfüllt, in ihre Dörfer zurück.

Krishnas Hauptgeliebte Rādhā wird im *Bhāgavata-Purāna* noch nicht namentlich erwähnt. Sie erscheint im *Brahmavaivarta-Purāna*, das einige Jahrhunderte später zu datieren ist. In diesem Text wird Rādhā vollkommen gleichgesetzt und identifiziert mit Krishna, der gleichsam die Seele der Welt ist, so wie Rādhā deren Körper darstellt. Beide sind unerlässlich für die Schöpfung.

Der Eine Göttliche Krishna hat sich selbst zweigeteilt, um die Freude der Vereinigung mit Rādhā erfahren zu können. Er erschuf den himmlischen Wald Vrindāvan mit vielen Millionen paradiesischen Lauben und herrlich gekleideten Gopīs. Hier ergeht sich Krishna auf immer mit Rādhā und den Hirtinnen in endlosem ekstatischem Tanz. Diese himmlische Welt wird auf die Erde gebracht, als die beiden göttlichen Gefährten sich inkarnieren. Krishnas Kampf mit den Dämonen wird in diesem späteren Purāna fast zur Nebensache. Im Mittelpunkt steht seine Begegnung und Vereinigung mit Rādhā, die einige Jahre vor ihm geboren wird.

Weitere Purānas

Als ebenfalls wichtig gilt insbesondere das *Vishnu-Purāna*, das dem 5. Jh. angehören dürfte. Neben Ausführungen über die Inkarnationen Vishnus behandelt es Themen wie die Schöpfung des Universums, die Stammbäume von Göttern und Patriarchen, die Herrschaft der Manus, d.h. der vierzehn mythologischen Ahnen der Menschheit und die Geschichte von zwei großen Königsstämmen.

Dieses Purāna enthält auch die bekannte Legende von Prahlāda, dem Sohn des dämonischen Königs Hiranyakashipu. Bereits im Mutterleib hatte Prahlāda so viel vedische Weisheit aufgenommen, dass er nur Vishnu und nicht seinen leiblichen Vater als höchsten *Herrn* anerkennen wollte. Hiranyakashipu unternahm große Anstrengungen, Prahlāda zum Umdenken zu bewegen, doch diese Bemühungen blieben ebenso erfolglos wie spätere Versuche, den eigenen Sohn zu töten. Am Ende obsiegt Prahlāda mit Hilfe des *Herrn* über seinen grausamen Vater, bittet aber gleichwohl um dessen Erlösung. Prahlāda verkörpert im Hinduismus den gläubigen Anbeter, der selbst in schwierigsten und gefährlichsten Lebenslagen auf Gott und seinen Schutz vertraut.

Das *Vishnu-Purāna* enthält ferner eine Lebensbeschreibung Vishnus, die jener im *Harivamsha* folgt, ebenso wie eine prophetische Beschreibung des Kali Yuga, des dunkelsten Weltzeitalters. Generell wird die Meditation über Vishnu als Mittel zur Befreiung von der Kette der Wiedergeburten und deren Leid empfohlen.

Das *Padma-* und *Mārkandeya-Purāna* enthalten die bekannte Lehre von der Trimūrti, der Dreiheit von Brahmā, Vishnu und Shiva, die die Prinzipien von Schöpfung, Erhaltung und Zerstörung symbolisieren. Dies sind drei Aspekte der einen göttlichen Wirklichkeit, des höchsten *Herrn*, der über aller Vergänglichkeit steht. In der klassischen Kunst werden sie als drei Köpfe auf einem Hals dargestellt, wobei jeder in eine andere Richtung schaut. Der Gott Brahmā spielt allerdings für die Anbetung der Hindus kaum noch eine Rolle, es gibt heute nur einige wenige Tempel, die ihm gewidmet sind, während die Shivaiten und Vishnuiten große und bedeutende religiöse Gemeinschaften darstellen.

Eine Reihe von Purāṇas wie z.B. das *Kūrma* oder *Vāmana* beschäftigen sich speziell mit früheren Inkarnationen Vishnus. Aber auch in diesen Texten findet sich jeweils umfangreiches anderes Material zu den verschiedensten Themen.

Die zehn Inkarnationen Vishnus

In seinen Inkarnationen als Avatar nimmt Vishnu jeweils bestimmte evolutionäre Aufgaben wahr, um den Lauf der Erde voranzubringen und die Kräfte des Dharma zu unterstützen, wenn diese von jenen des Bösen bedroht werden.

In seiner ersten Verkörperung als Matsya oder Fisch schleppt er die Arche des Urvaters Manu und rettet jeweils ein Paar Lebewesen vor einer gewaltigen Sintflut. Als Kūrma oder Schildkröte greift Vishnu in einen Kampf der Götter mit den Dämonen ein, die übermächtig sind. Auf seinen Rat hin buttern die Götter den „Milchozean", damit das Amrita, der Nektar der Unsterblichkeit, nach oben schwimmt und sie unschlagbar macht. Als der Berg Mandara, der als Quirlstab verwendet wird, im Boden des Ozeans zu versinken droht, verwandelt sich Vishnu in eine Schildkröte und stützt mit deren Schild den Berg.

Als Varāha oder Wildschwein taucht Vishnu auf den Meeresgrund und kämpft dort siegreich gegen gefährliche Dämonen. Ähnliches vollbringt er in seiner nächsten Inkarnation als Narasimha (Menschlöwe) sowie als Vāmana oder Zwerg (der sich in einen Riesen verwandelt).

In seiner sechsten Verkörperung erscheint Vishnu als Parashurāma, „Rāma mit der Axt", und beendet eine Tyrannei des Standes der Kshatriyas (Krieger). Die siebte und achte Inkarnation erfolgen als Rāma bzw. Krishna.

Daraufhin manifestiert sich Vishnu als Buddha, um ein Gegengewicht gegen das allzu dominante und selbstherrliche Brahmanentum zu schaffen und den Hinduismus von den Auswucherungen der Rituale zu befreien. In seiner Lehre wird nun viel Wert auf die rechte *innere* Haltung gelegt, die vom Kreislauf der Geburten befreit.[41]

Als letzte Inkarnation steht noch jene des Kalki bevor. Wenn sich die Menschheit gegen Ende des Kali Yuga (s.u.) am Tiefpunkt befindet, wird Vishnu in der Gestalt des Kalki auf einem weißen Schimmel reitend erscheinen und für die Menschheit ein neues Zeitalter des Lichts und der Wahrheit einläuten.

Das puranische Weltbild und die kosmischen Zyklen

Kennzeichnend für das Weltbild der Purānas sind die unendlich großen Zeiträume, mit denen sie umgehen, was freilich auch für andere heilige Schriften der Hindus gilt. Es gibt keinen absoluten Anfang allen Seins, sondern vielmehr Phasen der Schöpfung und Manifestation des Universums sowie dessen Auflösung (Pralaya). Die Zyklen der Evolution entwickeln sich über sogenannte Yugas oder Zeitalter, die in einer bestimmten Folge ablaufen: Satya, Tretā, Dvāpara und Kali Yuga.

Das Satya Yuga ist jenes der Wahrheit, wo Werte wie Ehrlichkeit, Aufrichtigkeit und Harmonie bestmöglich verkörpert werden. Dann kommt es in den folgenden Zeitaltern zur allmählichen Degeneration. Bildlich gesprochen sagt man, dass die Wahrheit im Satya Yuga auf vier Füßen stehe, dann in den folgenden Yugas auf dreien, zweien und schließlich einem.

Im letzteren, dem Kali Yuga, triumphieren Kräfte der Falschheit, und das individuelle und gemeinschaftliche Leben sinkt auf einen verheerenden Tiefpunkt. Doch selbst in diesem dunklen Zeitalter geht die Wahrheit nicht ganz verloren, und wenn am Ende das Tal der Finsternis durchschritten ist, beginnt wieder der Übergang zum nächsten Satya Yuga.

Ein Kali Yuga währt nach puranischer Auffassung 432 000 Jahre, während Satya, Tretā und Dvāpara jeweils vier-, drei- bzw. zweimal

---

[41] Diese Darstellung wurde nicht von den Brahmanen geschätzt, die eine andere Interpretation verbreiteten: Vishnu habe in der Gestalt Buddhas eine Irrlehre verkündet, um die wahren Gläubigen und Anhänger zu erkennen, die sich nicht von einer falschen Lehre verleiten lassen.

so lang sind. Alle vier zusammen umfassen 4 320 000 Menschenjahre und ergeben ein Mahāyuga oder großes Weltzeitalter. 1200 Mahāyugas wiederum ergeben einen Tag und eine Nacht Brahmās oder ein Kalpa. Am Ende des Kalpas löst sich die manifestierte Welt auf und geht in einen Zustand der Potentialität über, aus dem eine neue Manifestation hervorgehen wird.

Die Tantras

Der Begriff „Tantra“ ist seit längerer Zeit im Westen gut bekannt, obwohl nicht in seiner tieferen Bedeutung. Die Bilder von eng umschlungenen Paaren in glückseliger Vereinigung haben zu Assoziationen geführt, welche die ursprünglichen Intentionen des Tantra vergessen lassen. Das Wort bedeutet im Sanskrit Gewebe, Kontext, System, Lehre und steht für eine spirituelle Richtung, die grundsätzlich im Einklang mit den vedischen Wahrheiten steht, obwohl ihre Methoden und Herangehensweisen zum Teil andere sind.

Die Urheber der heiligen Schriften Indiens glaubten, dass es nicht nur wichtig sei, die höchste Wahrheit zu realisieren, sondern auch die Fähigkeit zu besitzen, sie dem Empfänger je nach seiner Eignung verständlich und zugänglich zu machen. In diesem Zusammenhang erklärt das *Kulārnava-Tantra*, in jedem der vier Yugas oder Zeitalter werde das Shāstra, die heilige Lehre, in einer speziellen Form vermittelt: Im Satyayuga als Shruti; im Tretā als Smriti; im Dvāpara als die Purānas und im (jetzigen) Kali Yuga als Tantra.

Shruti ist „jenes, was gehört wurde“, die höchste, direkte Offenbarung des göttlichen Wortes. So waren die Rishis, die sie empfingen, nicht Autoren, sondern „Seher“. Zur Shruti gehören die vedischen Samhitās, die Brāhmanas, Āranyakas und Upanischaden.

Smriti ist „jenes, was erinnert wird“. Die Verfasser dieser Texte geben spirituelle Traditionen und Lehren weiter, die als authentisch gelten, wenn ihre Inhalte im Einklang mit jenen der Shruti stehen. Mahābhārata, Rāmāyana und die Purānas gehören zusammen mit einigen weiteren Texten zur Smriti.[42] Hier wird die ursprüngliche reine vedische Lehre im Laufe der Zeitalter modifiziert und in Verbindung mit zahllosen Mythen und Geschichten dargestellt, um einer weniger intensiv interessierten und geschulten Mentalität entgegenzukommen.

---

[42] Gleichwohl werden die Purānas in der Auflistung oben gesondert unter „Dvāpara“ genannt.

Für die tantrischen Schriften wird zum Teil auch der Begriff *āgama* verwendet, was Herkunft oder Quelle bedeutet. Grundsätzlich kann man die Texte in vishnuitische, shivaitische und Shākta Āgamas unterteilen, je nachdem ob Vishnu, Shiva oder die Shakti im Mittelpunkt der Anbetung stehen. Die letztere Gruppe ist die wichtigste und bekannteste, zum Teil wird sie im Sprachgebrauch auch ganz mit Tantra gleichgesetzt.

Inhaltlich geht es in der Regel um drei Dinge: Sādhanā oder spirituelle Praxis; Siddhi, d.h. das Resultat und die Verwirklichung aufgrund der Sādhanā; und schließlich die Philosophie als solche. Diese lehnt sich an jene der Upanischaden an und glaubt an die Identität der individuellen Seele mit Shiva-Shakti, welche dem Brahman der Upanischaden entsprechen. Shakti ist nicht nur ein Name der Gattin Shivas, sondern im höchsten Sinn die Bezeichnung für die göttliche Mutterkraft, die - stets eins mit dem göttlichen Herrn - ihre Energien im unendlichen Spiel des Werdens entfaltet.

Diese Zuwendung zum Mutter-Aspekt des Göttlichen war von großer Bedeutung für das indische Geistesleben und hat dieses bis in unsere Zeit hinein beeinflusst. Die Wurzeln gehen zurück bis zum Rigveda, wo wir Aditi begegnen, der Mutter der Götter, die unendliches Licht und Bewusstsein verkörpert. In der Kena-Upanishad wiederum erscheint die Göttin Umā als Mittlerin zwischen dem höchsten Brahman und den Göttern, die auf sich selbst gestellt nicht zum Höchsten zu gelangen vermögen.

Grundsätzliches Ziel des Tantra ist es, den Menschen zur spirituellen Vollkommenheit zu führen, indem er der göttlichen Kräfte, die in ihm schlummern, bewusst gemacht wird, was durch besondere Riten und Meditationen erfolgt. Im Laufe der Zeit haben sich zwei verschiedene Schulen herausgebildet, Vāmāchāra und Dakshināchāra. Der erstere Weg, der „Linke Pfad“, gilt als riskant und gefährlich, denn er versucht, selbst die sexuellen Energien im Menschen als Ansatz für den spirituellen Weg zu nehmen, indem diese elementaren Kräfte, die aus herkömmlicher Sicht ein Hindernis für die spirituelle Verwirklichung sind, unter das *Licht* gebracht und sublimiert werden. Dadurch soll die körperliche Vereinigung letztlich zu einem Akt der Vereinigung von Seelen werden, die in göttlicher Transzendenz die Shiva-Shakti-Einheit realisieren.

Dieser Weg wurde traditionell unter Anleitung eines Gurus beschritten, der beide Partner sorgfältig auswählte und im Verlaufe einer langen und schrittweisen Vorbereitung an die Vereinigung (Maithuna) heranführte. Allerdings nahmen die Dinge später eine Wende und es kam - auch in Verbindung mit anderen Aspekten des Linken Pfades - zu Ausschweifungen und Entstellungen des ursprünglichen hohen Zieles.

Eine andere Ausrichtung hat der Dakshināchāra, der Rechte Pfad, welcher einer klaren spirituellen Disziplin folgt und aufrichtige Hingabe an die Göttliche Mutter in ihren mannigfachen Formen als wichtiges Element enthält.

Sādhanā und Siddhi

Sādhanā bedeutet im Sanskrit die spirituelle Disziplin, die man zur Erlangung des gesetzten Zieles praktiziert. Für den Tantriker ist es Moksha, Befreiung. Gemeint ist die Befreiung von der Unwissenheit, von der Kette der Wiedergeburten, durch Erkenntnis des wahren Selbstes. Letzteres ist in jedem Menschen latent, und die Sādhanā hilft, es freizulegen. Dafür gibt es bestimmte Methoden, deren aufrichtige Befolgung nach Lehre des Tantra jeden Aspiranten zum Ziel führt.

Wir sehen also, dass die Verwirklichung weniger eine Frage des Glaubens als des kundigen Handelns ist, wobei zur Anleitung der Guru oder spirituelle Lehrer benötigt wird. Er ist nicht primär ein Gelehrter, der Wissen besitzt (obwohl er dieses auch reichlich haben mag), sondern selbst ein Yogi, der Verwirklichung weitergibt. Dafür gibt es zwei Arten von Einweihung: *shāmbhavī* (oder *shākti*) und *māntrī*. Die erstere ist die direkte Übertragung der Erfahrung vom Guru auf den Schüler, so wie Krishna oder Ramakrishna als höchste Lehrer es vermochten. Speziell von Ramakrishna (1836-1886) ist bekannt, dass er zahlreichen Jüngern durch bloßes Handauflegen die spirituelle Erleuchtung schenkte. Allerdings ist meist eine längere Vorbereitung des Schülers notwendig, damit er die überwältigende Erfahrung aufnehmen und assimilieren kann.

Bei der gebräuchlicheren *māntrī*-Initiation übermittelt der Lehrer dem Schüler ein Mantra, d.h. eine heilige Silbe, ein Wort oder eine Formel. Mehr als jede andere Literatur offenbaren die Tantras höchst detailliert die Philosophie des Mantras, seine feinstoffliche Wirkung, seine Bedeutung für den inneren Fortschritt. Letztlich wird das Mantra gleichsam als Leib der Gottheit gesehen und führt direkt zu ihr.

Viele spirituelle Lehrer sagen, dass in diesem Zeitalter die Wiederholung des Mantras das wichtigste und wirksamste Mittel zur Verwirklichung sei. Zusätzlich können auch Yantras Verwendung finden, Diagramme mit bestimmten (meist geometrischen) Formen, die eine Entsprechung des Mantra im visuellen Bereich sind und bei der Sammlung und Konzentration des Bewusstseins helfen.

Die Tantras enthalten eine Fülle von Material zu diesen Themen, das jedoch ohne fundiertes esoterisches Wissen nicht zugänglich ist. Dies mag einer der Gründe sein, warum die Indologie sich bislang nur recht wenig mit den tantrischen Schriften beschäftigt hat, obgleich deren Bedeutung für das indische Geistesleben generell nicht in Frage gestellt wird.

Bedeutende Verdienste für die Erforschung dieser Schriften hatte Sir John Woodroffe, der unter dem Pseudonym Arthur Avalon eine Reihe exzellenter Werke über die Tantras herausgab, als deren wichtigstes *Shakti und Shakta* gilt. Woodroffe war als Richter in Kalkutta tätig und widmete seine ganze Freizeit der Erforschung dieser Literatur, wobei er im Gegensatz zu vielen anderen Autoren in den wahren Geist und Inhalt der Texte vorzudringen vermochte.

Das Ritual

Die tantrischen Autoren gehen davon aus, dass verschiedene Sucher verschiedene Qualifikationen aufweisen und dass ihre jeweilige Sādhanā sich dementsprechend differenziert entfalten sollte. Es gibt drei Hauptkategorien, *pashu, vīra* und *dīvya.* Der erstere Typus ist noch stark vom animalischen Triebleben dominiert. Er sollte Versuchungen aus dem Weg gehen und mit strikter Disziplin Rituale der Anbetung und Meditation durchführen, um Stetigkeit und Stabilität zu erlangen. Der Vīra („Held“) steht bereits stark unter dem Einfluss spiritueller Ideale. Er kann die Herausforderung annehmen, inmitten von Objekten der „Versuchung“ zu leben und so zunehmend Gleichmut und Selbstbeherrschung entwickeln, seine Gedanken unter allen Lebensumständen mehr und mehr auf das Göttliche richten. Der Dīvya-Typ ist unwiderruflich im *göttlichen* Bewusstsein verankert und strahlt Liebe und Wahrhaftigkeit aus. Für ihn sind Rituale nicht mehr notwendig, aber er kann sie weiterhin durchführen, um anderen ein Beispiel zu geben.

In den Texten werden die Rituale sehr ausführlich abgehandelt, sie hatten auch einen starken Einfluss auf das Tempelleben. Für die äußere Anbetung kann eine Statue, ein Bild, Emblem oder Yantra verwendet werden. Hier ist zu beachten, dass die äußere Anbetung nicht ein formaler Selbstzweck ist, sondern vielmehr ein subtiler psychophysischer Vorgang, wobei die äußere Handlung stets eine innere Entsprechung in Form eines bestimmten Bewusstseinszustandes hat.

Die Kundalinī

Auch der Kundalinī-Yoga ist ein wichtiger Aspekt des Tantra. Die Kundalinī stellt man sich vor als „Schlange“, die im feinstofflichen Körper zusammengerollt am unteren Ende der Wirbelsäule schlummert. Wird sie erweckt, so erhebt sie sich durch sieben Cakras, die subtilphysischen Energiezentren, was mit bestimmten Erfahrungen verbunden ist. Wenn sie das siebte und höchste Cakra erreicht, so führt dies zur überwältigenden und glückseligen Vereinigung mit dem höchsten *Herrn*. Der tantrische Yogi sieht die Cakras in seiner inneren Schau als Lotusblüten, denen in bildlichen Darstellungen bestimmte Sanskritschriftzeichen und Tierzeichen zugeordnet sind.

Die Texte

Die vishnuitischen Tantras werden, wie die alten vedischen Texte, Samhitās genannt. Es sind 215 Werke bekannt, aber nur wenige wurden gedruckt und der Allgemeinheit zugänglich gemacht. Dazu zählt insbesondere die *Ahirbudhnya-Samhitā,* die schon vor dem 10.

Jh. bei einer Sekte im Kashmir entstand. Neben Philosophie und der Lehre der verschiedenen Lebensabschnitte des Menschen finden sich Abhandlungen über das Ideal des Lehrers sowie die Erlangung von Yoga-Kräften. Ein weiteres Werk dieser Literaturgruppe ist die *Jñānāmritasāra-Samhitā*, die sich vor allem mit Krishna und Rādhā befasst.

Bei den noch weniger bekannten shivaitischen Tantras werden 28 Grundwerke genannt. Besonders erwähnenswert sind der *Tantrasāra*, eine Art Enzyklopädie aller tantrischen Sekten, sowie der von Abhinavagupta verfasste *Tantrāloka* mit 37 Kapiteln über Ritualistik und Philosophie.

Die indische Tradition nennt bis zu 192 Werke der Shākta-Sekten, in deren Mittelpunkt der Shakti-Kult steht, wobei Shivas Gattin unter Namen wie Durgā, Kālī, Pārvatī etc. auftritt. Diese Tradition des Shaktismus ist vor allem in Bengalen beheimatet. Als Hauptwerk gilt das *Kulārnava-Tantra*, das 17 Kapitel und mehr als 2000 Verse umfasst. Wichtig ist auch das *Mahānirvāna-Tantra*, das als relativ weit verbreitetes Werk mit seinen philosophischen und ethischen Lehren einen großen Einfluss auf das indische Geistesleben ausgeübt hat.

Sri Aurobindo über das Tantra

Das Thema „Tantra“ hat bei westlichen Suchern viel Interesse geweckt. Wir präsentieren daher im folgenden ein längeres Zitat von Sri Aurobindo, das die Grundprinzipien dieses Systems mit großer Klarheit zusammenfasst:

In seinen Ursprüngen war Tantra ein großes und machtvolles System, das sich auf Konzepte gründete, die zumindest teilweise richtig waren. Selbst seine zweifache Unterteilung in den Rechten und den Linken Pfad, *dakshina mārga* und *vāma mārga*, beruhte auf einer profunden Wahrnehmung. Im alten symbolischen Sinn der Wörter *dakshina* und *vāma* war es die Unterscheidung zwischen dem Weg der Erkenntnis und dem Weg des Ananda [spirituelle Freude] - die Natur im Menschen, die sich durch *rechte Urteilskraft* beim Entfalten ihrer eigenen Energien, Elemente und Möglichkeiten befreit, und die Natur im Menschen, die sich durch *freudiges Akzeptieren* beim Entfalten ihrer eigenen Energien, Elemente und Möglichkeiten befreit. Aber bei beiden Pfaden erfolgte am Ende eine Verdunklung der Prinzipien, eine Deformation der Symbole und ein Absacken.

Wenn wir jedoch die gebräuchlichen Methoden und Praktiken außer Acht lassen und nach dem Kernprinzip forschen, sehen wir als erstes, dass Tantra sich deutlich von den vedischen Yoga-Methoden unterscheidet. In gewisser Weise sind all [diese letzteren] Schulen vedantisch im Ansatz: ihre Kraft liegt in der Erkenntnis, ihre Methode ist Erkenntnis, obgleich es nicht immer ein Erkennen durch den Intellekt ist, sondern stattdessen die Erkenntnis des Herzens sein mag, die sich in Liebe und Glauben ausdrückt, oder eine Erkenntnis-im-Willen, die sich durch Handlung ausdrückt. Bei allen ist der *Herr* des Yoga der Purusha, die bewusste Seele, die weiß, die betrachtet, Anziehung ausübt und regiert.

Aber im Tantra ist es vielmehr Prakriti, die Naturseele, die Energie, der Wille-in-der-Kraft, der im Universum die Dinge ausführt. Durch Erlernen und Anwenden der innersten Geheimnisse dieses Willens-in-der-Kraft, seiner Methode, seines *tantra*, verfolgte der tantrische Yogi die Ziele seiner Disziplin - Meisterschaft, Vollkommenheit, Befreiung, Glückseligkeit. Anstatt sich von der manifestierten Natur und ihren Problemen zurückzuziehen, sah er ihnen ins Auge und gewann Meisterschaft über sie. Aber am Ende geschah es - und dafür besteht allgemein eine Tendenz bei der Prakriti - dass der tantrische Yoga weitgehend seine Prinzipien in seinen mechanischen Abläufen verlor und zu einer Sache von Formeln und okkulter Technik wurde, die immer noch machtvoll ist, wenn sie eingesetzt wird, aber die Klarheit der ursprünglichen Intention verloren hat.[43]

---

[43] *Sri Aurobindo on the Tantra* (Pondicherry 1999), S.1-2

Die philosophische Literatur

Die indische Philosophie hat ein ähnlich hohes Niveau wie die deutsche erreicht, ist jedoch insgesamt weniger durch große Namen (die es auch gibt) als durch ihre Systeme bekannt. Unterstützt wird der hohe Standard durch die hervorragenden Ausdrucksmöglichkeiten der Sanskrit-Sprache, die höchst flexible Wortbildungen erlaubt und in der Lage ist, komplexe Gedanken mit allen Nuancen wiederzugeben.

Viele Texte sind in einer knappen, formelhaften Sprache verfasst, die nur durch die Kommentare von Experten zugänglich wird. Diese Literatur, ebenfalls in Sanskrit, ist sehr umfassend. Oft wurden sogar Kommentare zu den Kommentaren geschrieben, wodurch dann am Ende eine ganze Bibliothek zu einem einzigen Urtext entstehen kann.

Bei der indischen Philosophie unterscheidet man zwischen den orthodoxen und nicht-orthodoxen Systemen. Die ersteren heißen Shaddarshana und umfassen sechs Systeme, wobei sich jeweils zwei inhaltlich nahe stehen: Nyāya - Vaisheshika; Sānkhya - Yoga; Mimānsa - Vedānta. All diese Systeme haben gemeinsam, dass sie grundsätzlich die Autorität der Veden anerkennen und sich im Einklang mit ihr befinden. Dies gilt nicht oder nur teilweise für die unorthdoxen Systeme - Buddhismus, Jainismus und Materialismus (des Chārvaka) -, die in diese Studie nicht einbezogen sind.

Wir werden uns in den folgenden Kapiteln vor allem mit Sānkhya, Yoga und Vedānta beschäftigen, da diese generell von größtem Interesse sein dürften. Zunächst bieten wir jedoch eine kurze Übersicht über die Inhalte aller sechs orthodoxen Schulen. Diesen sind jeweils auch Namen von Gründerphilosophen zugeordnet, die jedoch in einigen Fällen nur legendären Charakter haben und als Personen nicht klar profiliert sind. Zumindest Ansätze einer Biografie finden wir bei dem berühmten Advaita-Philosophen Shankara, über dessen Leben sogar ein Film in Sanskrit gedreht wurde, wobei ebenfalls viel Legende im Spiel sein dürfte. Speziell bekannt ist auch der Name des Patañjali als Autor der Yogasūtras.

Shaddarshana im Überblick

Die Systeme Nyāya und Vaisheshika haben einige Grundlagen des philosophischen Denkens erarbeitet, wobei man speziell den Nyāya mit seinem beachtlichen System der Logik hervorheben muss. Sānkhya ist wichtig aufgrund seiner Metaphysik und seines Grundprinzips von Purusha und Prakriti, *Geist* und Natur, aus deren Wechselwirkung der Kosmos erklärt wird. Den Yogasūtras kommt erhebliche Bedeutung aufgrund ihrer Anweisungen für die Praxis des Rāja-Yoga zu. Wegen des Interesses im Kreise der Yoga-Übenden existieren hier sogar mehrere deutsche Übersetzungen. Die Mimānsā wiederum beschäftigt sich in ausführlichen Kommentaren mit den vedischen Ritualen.

Vedānta wurde von den Swamis der Ramakrishna Mission im Westen verbreitet und fand viel Anklang bei amerikanischen und europäischen Studenten indischer Spiritualität. Der Begriff bedeutet wörtlich „Ende oder Essenz des Vedas" und meint die Upanischaden und die Bhagavad Gītā. Aber Vedānta bezeichnet auch die spätere Philosophie, die sich auf diese Schriften und speziell die Ātman-Brahman-Thematik gründet und von Bādarāyana in seinen Vedāntasūtras zusammengefasst wurde. Im Laufe der Zeit bildeten sich drei Hauptzweige heraus: 1. Der Advaitavedānta (Nichtzweiheit, Monismus), dessen bekanntester Repräsentant Shankara ist. 2. Der Vishishtādvaitavedānta (qualifizierte Nichtzweiheit) des Rāmānuja. 3. Der Dvaitavedānta (dualistischer Vedānta) des Madhva.

Wir werden in diesem Buch das sehr weite Feld der indischen Philosophie etwas eingrenzen und uns auf die Erläuterung der bedeutendsten Schriften und Lehren beschränken.

Die Sānkhyakārikā des Īshvarakrishna

Die Sānkhya-Philosophie ist allgemein weniger bekannt als jene des Vedānta, hatte aber einen nicht zu unterschätzenden Einfluss in vielen Bereichen des indischen Geisteslebens. So schreibt der Forscher G. James Larson in einem Vorwort zur *Encyclopedia of Indian Philosophies*: „Philosophie, Mythologie, Theologie, Gesetz, Medizin, Kunst und die verschiedenen Traditionen des Yoga und Tantra wurden beinflusst durch die Kategorien und Grundbegriffe des Sānkhya."

Als eigentlicher Gründer dieser Philosophie gilt ein Weiser namens Kapila, der u.a. in der Bhagavad Gītā und in den Purānas erwähnt wird. Allerdings ist nichts Genaues über seine Person bekannt, und wir wissen auch nicht, ob das ihm zugeschriebene *Sānkhyasūtra* vom ihm verfasst wurde. Als Standardwerk gilt allgemein die *Sānkhyakārikā* des Īshvarakrishna, die vermutlich aus dem 3. Jh. stammt und vielfacht kommentiert wurde, auch von prominenten Autoren wie Shankara.

Das Werk enthält 73 Verse, die aphorismenähnlich die Philosophie des „klassischen" Sānkhya darlegen. Hierzu ist zu vermerken, dass es auch ein ursprüngliches Sānkhya gab, das - wie weiter unten ausgeführt wird - in einer bestimmten Frage, den „Purusha" betreffend, eine andere Auffassung hatte als das klassische System.

In der Brihadāranyaka-Upanishad heißt es, dass Aspiranten der *Selbst*-Erfahrung zuerst darüber in den heiligen Schriften lesen und von einem Lehrer hören sollten; dann folge die rationale Analyse und schließlich die Meditation darüber. Sānkhya widmet sich dem zweiten Schritt, der Analyse, womit freilich eine „inspirierte" Ratio gemeint ist, die Einblick in die tieferen Wahrheiten des Kosmos gewinnt und nicht an der Oberfläche des mentalen Vernunftgebildes stehen bleibt. Im ersten Vers der Kārikā erfahren wir, worum es letztlich geht:

> Der Schmerz durch das dreifache Leid führt zur Erforschung der Mittel, die das Leid beseitigen. Wenn gesagt wird, eine solche Erforschung sei überflüssig, weil ja schon sichtbare und bekannte Mittel existierten, weisen wir diesen Einwand zurück, da jene schon bekannten Mittel letztlich keine Abhilfe schaffen.

Die Überwindung des Leids wird also, wie so oft in der indischen Philosophie und im Buddhismus, zum Ziel erklärt, und es wird dargelegt, dass bereits bestehende Mittel nicht reichen. Damit sind die vedischen Rituale gemeint und auch die Medizin, die körperliches Leid im Moment lindert oder heilt, aber nicht dessen Möglichkeit dauerhaft beseitigt, da man immer wieder erkranken kann. Eine echte Überwindung des vielfältigen Leids in Körper, Gemüt und Seele kann gemäß Sānkhya nur durch rechte Erkenntnis erlangt werden, und damit gemeint ist der erkennende Einblick in das Wesen von *Geist* (Purusha, Spirit) und von Natur, Prakriti. Der Purusha ist frei und reines Bewusstsein, alles Leid gehört der Prakriti an. Solange wir uns mit ihr identifizieren, können wir des Leids teilhaftig werden. Sānkhya ist der Weg, um sich von dieser Identifizierung zu befreien und zu der Erkenntnis zu gelangen, dass Purusha und Prakriti gesondert sind.

Prakriti ist der unerschaffene Urgrund aller stofflichen und psychischen Erscheinungsformen. Sie existiert in zwei Zuständen, dem unentfalteten (*avyakta*) und dem manifestierten (*vyakta*). Im ersteren Zustand ist sie von nicht wahrnehmbarer subtiler Feinheit und birgt das später Werdende als Potential in sich, etwa so wie ein Text oder eine Rede erst im Kopf eines Menschen existieren und dann sichtbar bzw. hörbar werden. Diese Kausalitätstheorie geht davon aus, dass alle Phänomene unserer realen Welt im Prinzip nur das In-Erscheinung-Treten von etwas sind, das im Grunde bereits vorgegeben ist.

Ausgelöst wird die Manifestation des Stofflichen durch eine Störung im Gleichgewicht der Gunas oder Konstituenten. Wir kennen die Gunas allgemein aus der Yoga-Psychologie und der Bhagavad Gita: Tamas als Element des Dunklen, Schweren und Trägen; Rajas als Element des Beweglichen, Leidenschaftlichen, Anregenden; und Sattva als das Lichte und Leichte, Harmonische. Wenn diese Gunas nun aus dem Gleichgewicht geraten, so erklärt die Sānkhya-Philosophie, entsteht die Schöpfung. Die ursprünglichen unsichtbaren Elemente werden gröber und es bilden sich in einer Stufenfolge der Verdichtung zunächst die Substrate des geistigen Bereiches heraus: zuerst Buddhi (oder Mahat), d.h. die Vernunft, das Organ der Unterscheidung. Dann Ahankāra, der Ich-Macher, der die Wahrnehmung zwischen Ich und Außenwelt herausbildet. Aus ihm gehen zum einen elf Sinne hervor und zum anderen fünf sogenannte Tanmātras oder feine Elemente.

Die Sinne sind: Manas, das sinnengebundene Denken; die fünf Erkenntnisvermögen von Hören, Fühlen, Sehen, Schmecken und Riechen; und die fünf Tatvermögen von Sprechen, Greifen, Gehen, Entleeren und Zeugen. Die feinen Elemente wiederum sind die subtilen Energieformen von Klang, Berührung, Sehen, Geschmack, Geruch. Aus ihnen leiten sich die groben Elemente (Mahābhūtas) der sichtbaren Welt ab: Äther, Luft, Feuer, Wasser, Erde.

Insgesamt haben wir also 24 Weltprinzipien oder Tattvas, d.h. die Prakriti und die oben genannten 23 Elemente. Nun gibt es im kosmischen Zyklus eine Phase, in der die Elemente in der Prakriti nur potentiell vorhanden und nicht manifestiert sind, aber auch eine andere, in der sie hervortreten (um am Ende schließlich wieder reabsorbiert zu werden). Doch es bleibt stets die *eine* Prakriti in wechselnden Stadien der Entwicklung, und in ihrem Urgrund ist sie ewig und unerschaffen.

Dieser Prakriti steht der ebenso ewige und unerschaffene Purusha als 25. Tattva gegenüber. Er ist das Bewusstseinslicht, der Zeuge, Betrachter, das reine Subjekt. Er selbst kann an sich weder handeln noch Leid erfahren, sondern schaut dem sich entfaltenden Spiel der Prakriti zu. Die unbewusste Prakriti erhält durch den Purusha Licht und Leben eingehaucht wie eine Lampe durch den Strom. In den Versen 20-21 heißt es:

> Daher erscheint die unbewusste Prakriti aufgrund ihrer Verbindung mit dem Purusha als bewusst. Und der Unbeteiligte (Purusha) erscheint aufgrund des Wirkens der drei Gunas wie ein Handelnder. (20)

> Die Verbindung von Purusha und Prakriti gleicht jener eines Blinden und eines Lahmen. Sie hat zum Zweck, dass der Purusha die Prakriti betrachtet und Befreiung erlangt. Aus dieser Verbindung geht die Schöpfung hervor. (21)

An dieser Stelle können wir nun erwähnen, dass es einen ursprünglichen Sānkhya gab, in dem von nur *einem* Purusha als unendlichem *Geist*wesen ausgegangen wurde. Im klassischen Sānkhya des Īshvarakrishna wird dagegen eine unendliche Vielzahl von Purushas postuliert, die den einzelnen Körpern zugeordnet sind. Daher heißt es, das klassische Sānkhya sei „atheistisch" (*anīshvara*). Dies ist richtig in dem Sinn, dass es keinen Īshvara als persönlichen Weltenherrn gibt, der ins Weltgeschehen eingreift. Abgesehen davon stellt sich freilich die Frage, ob es grundsätzlich einen Unterschied bedeutet, wenn von einem einzigen unendlichen Purusha oder einer unendlichen Anzahl derselben gesprochen wird, denn möglicherweise ist es nur eine verschiedene Sichtweise, so wie man von *einem* Wald oder auch von *zahllosen* Bäumen sprechen kann, indem man dasselbe Phänomen beschreibt.

Diesem metaphysischen Problen wollen wir hier jedoch ebenso wenig nachgehen wie dem Thema des letztlichen Zweckes der Verbindung von Purusha und Prakriti, das Raum für viele Kommentare und Interpretationen lässt. Wichtiger ist uns die Frage, worin nun eigentlich der Erkenntnisweg des Sānkhya besteht, welche praktischen Konsequenzen er für den Menschen hat. Um dies zu beantworten, müssen wir den Begriff „empirische Seele" einführen. Auf der empirischen Ebene nämlich vergisst sich der Purusha und verliert sich im Geflecht der Manifestationen, identifiziert sich mit deren Erscheinungsformen. Der Sānkhya-Weg nun ist im wesentlichen eine Methode der Bewusstmachung. *sam-khyā* heißt im Sanskrit „Aufzählen". Aufgezählt werden alle Elemente, die sich im Zuge der Evolution ergeben - womit im Umkehrschritt auch ein Zurückschreiten an die *Quelle* möglich wird. Um ein Bild zu gebrauchen: die empirische Seele ist wie ein Wesen, das mitten in einem großen Labyrinth mit nur einem Ausgang steckt. Dieses Labyrinth hat auch

Gänge, die in die Irre, in die Dunkelheit und Sackgasse führen. Deren gibt es viele, wie in Vers 48 ausgeführt wird:

> Es gibt acht Arten der Verdunkelung und Täuschung; zehn Arten grober Täuschung; achtzehnfach sind die Dunkelheit und die völlig schwarze Nacht.

Das Sānkhya-Wissen liefert dem Wesen im Labyrinth nun gleichsam eine vollständige Skizze aller Gänge, zeigt auf, wohin sie führen und welchen zu folgen ist, um zum Ausgang zu gelangen, zum Licht, zum Purusha. Die praktischen Mittel sind ein gründliches Studium dieser „Skizze", Unterweisung durch einen Lehrer, und die Entwicklung von Eigenschaften wie Nichtanhaftung und Freigebigkeit, die uns helfen, uns aus der tiefen Verwurzelung in der Prakriti zu lösen, um unser Purusha-Sein zu realisieren. Gleichwohl ist aus letzter, absoluter Sicht alles nur ein ewiges Spiel, wobei Bindung und Befreiung nur Modi der relativen Ebene des Zeitlichen sind. So erklärt Īshvarakrishna in Vers 62 seiner Kārikā:

> Daher wird niemand gebunden, niemand befreit, noch transmigriert irgendjemand. Nur die Prakriti in ihren vielfältigen Formen transmigriert, wird gebunden und befreit.

Das Yogasūtra des Patañjali

Das Wort *yoga* bedeutet im Sanskrit Vereinigung, Verbindung, Kontakt und steht im spirituellen Bereich für die „Sammlung der Sinne und Gedanken zur Meditation“ oder „Vereinigung mit dem Göttlichen“. Es taucht bereits in den Upanischaden auf und wird in Katha-Upanishad 6.11 erstmals in seiner spirituellen Bedeutung definiert als das Zügeln der Sinne und Lösen des reinen Geistes von den feinstofflichen psychischen Organen, wodurch ein Realisieren des Ātman möglich wird. In vielen späteren Texten wie dem Mahābhārata und der Gītā werden Yoga-Themen angesprochen oder ausführlich erörtert, oft in Verbindung mit der Sānkhya-Lehre, wobei letztere als der theoretische Erkenntnisweg gesehen wird, während Yoga mit seinen Übungen der praktischen Verwirklichung dient.

Bei einem Vergleich der beiden Systeme ist zu beachten, dass Sānkhya im Laufe der Zeit viele Entwicklungen durchmachte. Der prominente Kommentator Vijñānabhikshu brachte in seinem *Sānkhya-pravacana-bhāshya* sogar das Argument vor, ohne Gott könne die Evolution der Prakriti nicht zufriedenstellend interpretiert werden, und gab der Sānkhya-Philosophie somit eine theistische Ausrichtung, womit er sich in der Frage der Existenz Gottes Patañjalis Yogasūtra annähert. Patañjali geht zwar, gleich dem klassischen Sānkhya, davon aus, dass es eine unendliche Vielzahl von Purushas gibt, lehrt aber, dass jenseits von ihnen *ein* Īshvara oder höchster Purusha existiert. Daher nennt man den Yoga auch „*seshvara*-Sānkhya“, d.h. Sānkhya-mit-Īshvara.

Dieser Īshvara ist immer jenseits der Prakriti und nie in sie involviert. Wenn der Yoga-Übende über Ihn – symbolisiert durch den Laut OM – meditiert, werden durch diese geistige Vertiefung und Sammlung jene Hindernisse überwunden, die der spirituellen Befreiung im Wege stehen. Allerdings wird nicht eine ähnlich intensive persönliche Verbindung zwischen Anbeter und dem Göttlichen hergestellt, wie etwa in der Gītā. Der Īshvara ist vielleicht eher einem transzendenten Buddha vergleichbar, der nicht aktiv ins Weltgeschehen eingreift, aber durch die Präsenz seiner spirituellen Sonne jenen, die über ihn kontemplieren, Licht und Erleuchtung schenkt.[44]

Spätere Kommentatoren des Yogasūtra waren freilich mit diesem Gottesbild nicht zufrieden und versuchten den Īshvara den Menschen näher zu bringen, indem sie sein Wesen und seine Funktion neu bestimmten. So wurde er etwa in Vyāsas[45] Kommentar *Yogabhāshya* zum Heilsbringer, der zu Beginn einer neuen Weltperiode auf Erden als Lehrer erscheint oder der die Menschen durch seine persönliche Gnade auf ihrem Yoga-Weg unterstützt. Andere spätere Autoren sahen den Īshvara sogar als Weltenschöpfer oder Weltenherrn, wodurch die ursprünglichen Lehren signifikant modifiziert wurden. Doch wenden wir uns nun dem Inhalt des Yogasūtra zu, das in der Zeit zwischen dem 2. Jh. v.Chr. und dem 4. Jh. n.Chr. entstanden sein dürfte. Hinsichtlich der genauen Datierung divergieren die Ansichten der Gelehrten.

Übersicht

Das Yogasūtra besteht aus vier Teilen oder Pādas. Der erste Teil (*samādhipāda*) führt ein in das Wesen, das Ziel und die Methoden des Yoga, wobei auch die verschiedenen Modifikationen (*vrittis*) des Citta (Denksubstanz) erläutert werden ebenso wie Techniken, um die Modifikationen zu stillen.

Der zweite Teil (*sādhanapāda*) enthält eine Analyse des Leids, seiner Ursachen und deren Beseitigung. Ganz allgemein geht es nicht nur um seelischen Schmerz, sondern um Handlungen und deren Früchte, um Karma und Verstrickung.

Der dritte Teil (*vibhūtipāda*) enthält Ausführungen zur Yoga-Psychologie und erläutert auch übernatürliche Phänomene und Fähigkeiten (*vibhūtis*).

Der vierte Teil (*kaivalyapāda*) schließlich erläutert das Ziel der

---

[44] Am Ende dieses Kapitels werden als Leseprobe einige Verse abgedruckt, die auf die Ishvara-Thematik Bezug nehmen.

[45] Dieser Vyāsa ist nicht identisch mit dem legendären Autor des Mahābhārata.

Befreiung (*kaivalya*), das Selbst als transzendenten Purusha und verschiedene Ebenen des Seins.

Ziel des Yoga nach Patañjali ist jene Erkenntnis, die von den Anhaftungen der Prakriti befreit und zur Realisation des Selbstes als ewigem und unsterblichem Purusha führt. Dies ist nur möglich, wenn der Mensch Kontrolle über sein Citta erlangt und den Strom von Gedanken, Gefühlen und Wünschen stillen kann. In acht Stufen (*ashtānga*) werden praktische Schritte zur Erlangung des Ziels dargelegt, weswegen auch vom Ashtānga-Yoga gesprochen wird.

Die Praxis

Vers I.2 des Yogasūtra gilt vielen Kommentatoren als eine bedeutsame Definition für (Rāja-)Yoga:

yogas-citta-vritti-nirodhah

Hierfür gibt es zahllose Übersetzungen, die wir besser nachvollziehen können, wenn wir den Satz zunächst in seine Bestandteile zerlegen: „Yoga [ist] *nirodha* der *vrittis* des *citta.*

Die Struktur des Verses ist eindeutig, Unterschiede bei der Übertragung ergeben sich allein aus der verschiedenen Wiedergabe der Begriffe *nirodha, vritti* und *citta.* Hier einige Beispiele:

„[Yoga ist] die Unterdrückung der Fluxionen der Denksubstanz.“ (Helmuth v. Glasenapp)[46]
„Yoga ist, die Denksubstanz davon abzuhalten, verschiedene Formen anzunehmen.“ (Swami Vivekananda)[47]
„Yoga (ist) die Stillegung der Bewegungen des Geistes.“ (Helmuth Maldoner)[48]

Im zweiten Vers wird ausgeführt, dass der „Seher“, d.h. der Purusha

---

[46] *Die Philosophie der Inder,* S. 225
[47] *The Complete Works,* S. 200
[48] *Yoga Sūtra. Der Yogaleitfaden des Patañjali* (Raja-Verlag 2002), S. 20

[im konzentrierten Zustand] in seiner eigenständigen Wesenheit verweile (indem er von den Modifikationen der Prakriti frei ist). Hierzu einige Erläuterungen:

Das Citta wird gewöhnlich im Modus der drei Konstituenten Sattva, Rajas und Tamas erfahren, die bereits an anderer Stelle erörtert wurden. Im Wechselspiel dieser Gunas laufen ständig Vrittis (Modifikationen, Wellen) ab, die sogenannte Samskāras erzeugen, unterbewusste Eindrücke, die im Citta verbleiben und jederzeit wieder hervortreten können, indem sie neue Vrittis erzeugen. Dieses Wechselspiel der Citta-Bewegungen läuft normalerweise zwangsläufig ab wie ein Automatismus. Der Yogi jedoch sucht sich aus dieser „Mühle“ zu befreien. Patañjalis Weg besteht darin, zunächst das Citta zu reinigen und die Vrittis quasi zu „filtern“, indem nur die reinen der Sattva-Ebene zugelassen und die anderen ausgeschaltet werden. Sobald dies geschehen ist, kann der nächste Schritt vollzogen werden, das vollständige Stillen der Geistsubstanz, was zum Samādhi führt, dem Zustand der Erleuchtung und Versenkung.

Tatsächlich wissen wir, dass es generell förderlich ist, wenn Menschen, die sich intensiver Meditation widmen möchten, zunächst ihr Wesen darauf vorbereiten. Andernfalls - wenn die Vrittis zu heftig toben - kann es zu psychophysischen Störungen und Unausgeglichenheiten kommen. Daher befürworten fast alle spirituellen Lehrer bestimmte Formen der Disziplin bei Ernährung, äußerem Verhalten wie auch innerer Einstellung.

Patañjali benennt fünf grundsätzliche Hindernisse oder Anhaftungen (*kleshas*): 1. Unwissenheit - Avidyā. 2. Egoismus - Asmitā. 3. Leidenschaft - Rāga. 4. Hass - Dvesha. 5. Lebensdurst - Abhinivesha. Die Überwindung der Kleshas erfolgt durch acht Glieder oder Stufen (Ashtānga):

Yama, Niyama, Āsana, Prānāyāma, Pratyāhāra, Dhāranā, Dhyāna, Samādhi. Diese Begriffe werden im folgenden erläutert.

yama könnte man wörtlich mit „Zügelung“ übersetzen. Bei Patañjali steht das Wort für fünf allgemeine ethische Gebote: Gewaltlosigkeit, Wahrhaftigkeit, Nichtstehlen, reine Lebensweise (oder

Enthaltsamkeit) und Begierdelosigkeit.[49] Diese Eigenschaften sollen in Gedanke, Wort und Tat kultiviert werden.

niyama bedeutet „Regel“ oder „Observanz“, deren es ebenfalls fünf gibt: körperliche und geistige Reinheit; Zufriedenheit; spirituelle Praxis; Studium der heiligen Schriften; Hingabe an Gott.

āsana bedeutet „Sitz, Körperhaltung“. Gemeint sind jene Körperhaltungen, welche die Praxis der Meditation fördern. Hierzu erklärt Patañjali in den Versen II.47-48:

> Die richtige Sitzhaltung erfordert eine feste, aber entspannte Position.
> Dies erfolgt durch das Reduzieren der Anstrengung [mittels viel Übung] und Vertiefung in das Unendliche.

Ähnlich wie in der Bhagavad Gītā (VI.13) wird das Thema „Asanas“ also nur sehr knapp abgehandelt. Ein ausführlicher Grundlagentext zu diesem Thema ist die später entstandene Hatha-Yoga-Pradīpikā.[50]

prāṇāyāma ist die Praxis der Atemregulierung, wobei Prāna (Atem, Lebenskraft) harmonisiert wird, was wiederum die geistige Ausgeglichenheit fördert. Patañjali benennt Phasen des Einatmens, Ausatmens und Anhaltens. Die Übungen können auch in Verbindung mit einem Mantra durchgeführt werden.

pratyāhāra ist das Abziehen der Sinne von ihren Objekten, wodurch der Geist von Ablenkungen befreit wird und sich unbeeinträchtigt auf die Meditation konzentrieren kann.

dhāraṇā ist die Fixierung des Geistes auf einen bestimmten Gegenstand oder z.B. auf Nabel oder Nasenwurzel. Während der mentale Geist normalerweise hin und her springt, wird er in dieser sechsten Stufe dazu gebracht, länger und kontinuierlicher bei einem bestimmten Objekt eigener Wahl zu verweilen, wobei die „Sprünge“ nach Möglichkeit reduziert werden sollen.

dhyāna ist die eigentliche Meditation. Hier wird die Dhāranā-Praxis vervollkommnet und der Geist ist in der Lage, ausschließlich

---

[49] *ahimsā, satya, asteya, brahmacarya, aparigraha.*

[50] Siehe S. 93.

beim gewählten Objekt der inneren Sammlung zu verweilen, und dies für zunehmend längere Zeiträume.

samādhi wird mit „Versenkung, Einheitsbewusstsein" übersetzt. Zu dieser achten und letzten Stufe erklärt Patañjali:

> Dieselbe (Kontemplation), bei der nur ein Bewusstsein des Gegenstandes der Meditation besteht und nicht seiner selbst (des betrachtenden Geistes), ist Samādhi. (III.3)

Es werden wiederum zwei Stufen des Samādhi unterschieden, der bewusste (*samprajñāta*) und der überbewusste (*asamprajñāta*).[51] Beim ersteren ist der Geist des Meditierenden so intensiv auf den Gegenstand der Konzentration gerichtet, dass er mit diesem eins wird, aber es existiert beim Individuum noch das Bewusstsein eines Objekts. Bei der zweiten Form wird auch diese Vorstellung eines Objektes gelöscht. Wenn man lange in diesem absoluten Zustand verharrt, so heißt es, werden die Samskāras, die unterbewussten Impressionen, Wünsche etc. aufgelöst, die bei der ersten Stufe des Samādhi zwar unter Kontrolle sind, aber noch weiter im Keim bestehen bleiben und wieder hervortreten können, solange sie nicht völlig beseitigt sind. Der *asamprajñāta samādhi* bewirkt also letztlich die Loslösung von allen Karma-Ketten und führt zur eigentlichen spirituellen Befreiung.

Diese beiden Formen der Versenkung werden auch *sabīja samādhi* („mit Keim") und *nirbīja samādhi* („ohne Keim") genannt (Yogasūtra I.46 u. 51).

Soweit die Erläuterung der acht Stufen. Patañjali führt ferner aus, dass der Yogi, der tiefe Konzentration erlernt, gleichsam als Nebeneffekt besondere übersinnliche Fähigkeiten erwerben kann, die durch die Befreiung des Citta von seinen konventionellen Grenzen ermöglicht werden. So könne man z.B. die Gedanken eines anderen Menschen lesen, den eigenen Körper unsichtbar oder gewichtslos machen oder sich einen Zweitkörper erschaffen und sich damit frei

---

[51] Zum Teil werden im Yoga und Vedānta auch die Begriffe *savikalpa* und *nirvikalpa* mit synonymer Bedeutung verwendet.

bewegen. In der spirituellen Literatur Indiens wird in vielen glaubwürdigen Quellen berichtet, dass Yogis diese sogenannten *vibhūtis* oder *siddhis* tatsächlich demonstrierten. Es wird allerdings auch darauf hingewiesen, dass diese für den aufrichtigen Aspiranten nicht zum Selbstzweck werden dürfen und mit Zurückhaltung einzusetzen sind, weil sie sonst ein großes Hindernis für die spirituelle Entwicklung bilden.

Zusammenfassend können wir feststellen, dass Patañjali in seinen Sūtras einen hochentwickelten Weg der Selbstverwirklichung vorstellt. Die zahllosen Gedanken und Regungen im Citta werden zunächst nicht radikal abgeblockt, sondern positiv ausgerichtet und in einer einzigen „sanften" Welle der gesammelten Konzentration zusammengeführt, bis am Ende auch diese letzte Welle aufgehoben wird, worauf sich der Samādhi einstellt. Den intensiveren Meditationspraktiken sind ethische Verhaltensregeln vorangestellt, um eine sichere Grundlage zu gewährleisten. Dieses gut fundierte System des Patañjali hat viel Beachtung auch bei westlichen Yoga-Übenden gefunden und wurde in zahlreichen Übersetzungen und Kommentaren vorgestellt.

Leseprobe

In der folgenden Leseprobe geben wir jene Verse wieder, in denen Patañjali das Thema „Īshvara" erläutert. Die Klammern wurden vom Übersetzer eingefügt, um Wörter zu kennzeichnen, die im Sanskrit-Text nicht vorhanden sind, aber dem besseren Verständnis dienen.

Oder durch Hingabe an den HERRN (wird Citta-Vritti-Nirodha, d.h. Samādhi erreicht).
Der HERR (ist) ein Wesen besonderer Art, unberührt von den Kleshas, dem Gesetz des Karman und der Liegenschaft (der Samskāras).
In Ihm (ist) der höchste Ursprung der Allwissenheit.
(Er war) auch der Meister der Alten (Meister), weil (Er) nicht durch die Zeit begrenzt (ist).

Sein (Ihn offenbarender) Laut (ist) OM.
Die Meditation über OM (führt zur) Offenbarung der (wahren) Bedeutung dieses (Lautes).
Aus der Hingabe an den HERRN (entsteht) die Vollkommenheit der Versenkung.

Yogasūtra I.23-28 und II.45[52]

[52] Abdruck der Verse aus: *Yogasūtra - Der Yogaleitfaden des Patañjali.* Raja Verlag 2002

Shankara und der Advaita Vedānta

Der Name Shankaras hat in der indischen Philosophie einen ähnlichen Klang wie in der deutschen Philosophie der Name Kants. Bis in die Gegenwart übt seine Lehre einen großen Einfluss auf das indische Denken aus und eine umfassende Kommentarliteratur entstand im Laufe der Jahrhunderte zu seinen Schriften. Den Hindus gilt er nicht nur als herausragender Philosoph, sondern auch als Heiliger, dessen Leben von vielen Legenden umrankt ist.

Shankara, oder Shankarāchārya, wurde als Brahmanensohn in einem Dorf an der südwestlichen Malabar-Küste geboren und lebte wahrscheinlich von 788-820. Schon mit zehn Jahren kannte er alle wichtigen vedischen Schriften, schrieb Kommentare dazu und debattierte mit den bekanntesten Gelehrten des Landes.

Doch Shankara wollte nicht bloß ein Buchgelehrter sein und mit intellektuellen Wahrheiten umgehen. Er strebte nach spiritueller Verwirklichung und nach Erneuerung für sein Land und dessen Bewohner, die altehrwürdige Ideale vergessen hatten. Als sein Vater starb, beschloss er, allen weltlichen Dingen zu entsagen und sich ganz der Wahrheitssuche zu verschreiben.

Auf der Suche nach einem Lehrer fand er am Ufer des Flusses Narmadā den berühmten Philosophen und Rishi Gaudapāda, der ihn zur Mönchsweihe an seinen eminenten Schüler Govindapāda verwies. Dieser unterrichtete Shankara in Meditation und Yoga, und der junge Aspirant erlangte sehr rasch eine bedeutende spirituelle Verwirklichung.

Shankara zog daraufhin im ganzen Land herum, um seine Philosophie zu verbreiten, und es gelang ihm, die bedeutendsten Gelehrten des Landes zu seinen eigenen Schülern zu machen. Er betonte die Überlegenheit eines klösterlichen Lebens der Entsagung gegenüber dem Ideal des Haushälters und gründete viele Orden, die bis heute existieren. Sein Leben endete in Kedarnath im Himalaya, als er erst 32 Jahre alt war.

Shankaras Philosophie

Shankaras Advaita Vedānta ist eine Lehre der absoluten Nicht-Zweiheit. Er fasste sie zusammen mit den Worten:

> „Nur Brahman ist wirklich, die Welt ist Schein, das Selbst ist nichts als Brahman allein."

„Die Welt ist Schein" - dies führt uns zu dem Begriff Māyāvāda, der auch Shankaras Lehre bezeichnet. Māyā ist die Kraft der Illusion, welche die Welt der Vielheit und des Wandels schafft, die unserem empirischen Selbst als real erscheint. Aus *höchster* Sicht ist aber nach Shankaras Auffassung nur jenes real, das ewig und unveränderlich ist. Die Funktion der Māyā, welche die Scheinwelt der vergänglichen Vielheit erschafft, erläutert Shankara anhand eines Beispiels:

Jemand sieht in der Dunkelheit ein Tau und hält es für eine Schlange, woraufhin er erschrickt. Mittels eines Vorgangs der Überdeckung (*vikshepa*, *adhyāropa*) wird die Wahrheit „Tau" von der Illusion „Schlange" überdeckt. Von dieser gilt es sich zu befreien, um zur *Realität* zu gelangen.

Wir können zum Verständnis dieser Philosophie auch ein Beispiel aus der modernen Naturwissenhaft heranziehen: Was wir als Materie wahrnehmen, ist nicht die Materie an sich: in *Wirklichkeit* stehen hinter dieser Erscheinung - aus der Sicht der Physik - Kraftfelder von Energien.

Um diese Diskrepanz zwischen aktueller Sinneswahrnehmung und höchster Erkenntnis zu bewältigen, differenziert Shankara im Umgang mit dem Phänomen „Welt" zwischen einer relativen und einer absoluten Ebene. Auf der relativen Ebene der Unwissenheit erfährt der Mensch die Vielheit der Namen und Formen und auch einen persönlichen Gott, Īshvara, dem er sich in Anbetung zuwenden mag. Dieser Īshvara ist Brahman in Verbindung mit Māyā - der

Kraft, die in endloser Wiederkehr erschafft, erhält und wieder zerstört, also Brahman mit persönlichen Attributen.

Auf der höheren Ebene der Erleuchtung jedoch wird das eigenschaftslose transzendente Brahman realisiert. Dies ist letztlich nicht mehr ein Vorgang der Erkenntnis, sondern ein völliges Aufgehen im Unendlichen, wobei die Welt vergänglicher Erscheinungen ebenso wie der Īshvara aufgehoben werden. Es gibt keinen Seher und kein Gesehenes mehr, nur das ewige Brahman.

Der Weg zur Verwirklichung

Es liegt auf der Hand, dass Shankaras spiritueller Weg als Jñana Yoga beschrieben werden könnte (obwohl der Philosoph auch eine Anlage zur Bhakti in seinem Wesen hatte). Die Überzeugung der letztlichen Unwirklichkeit der Erfahrungswelt resultiert in einer Abkehr von ihr und in ausgeprägter Neigung zur Askese. Entsagung, Urteilskraft und Selbstbeherrschung sind Schlüsselwörter für seinen Weg.

> „Der spirituelle Sucher, der ruhig ist, selbstbeherrscht, ausgeglichen und nachsichtig, widmet sich der Übung der Kontemplation und meditiert über den Ātman in sich selbst als dem Ātman in allen Wesen. So löscht er vollständig das Gefühl der Trennung aus, das der Dunkelheit und Unwissenheit entspringt; er weilt in der Freude, identifiziert sich mit dem Brahman und ist frei von störenden Gedanken und selbstsüchtigen Tätigkeiten.“[53]

Im folgenden Vers beschreibt Shankara seine eigene glückselige Einheitserfahrung (Samādhi):

> „Mein Ego ist verschwunden. Ich habe die Identität mit dem Brahman verwirklicht und all meine Wünsche sind erloschen. Ich bin hinausgegangen über Unwissenheit und Wissen von dieser Scheinwelt... Ich erfahre nur Freude, endlose, grenzenlose

[53] *Vivekacūdāmani*, Vers 355

Freude.

Das Meer des Brahman ist voller Nektar, der Freude des Ātman. Der Schatz, den ich gefunden habe, lässt sich nicht mit Worten beschreiben, er ist unvorstellbar. Wie ein Hagelkorn tauchte mein Geist in die unendliche Weite des Meeres Brahmans. Und als ich es berührte, schmolz ich dahin und wurde eins mit Brahman. Und obgleich ich jetzt ins menschliche Bewusstsein zurückkehre, verweile ich in der Freude des Ātman... Ich weiß, dass ich der Ātman bin, dessen Wesen ewige Freude ist. Ich sehe nichts, höre nichts, kenne nichts, das getrennt von mir wäre."[54]

Eine entscheidende Hilfe auf dem Weg zur Verwirklichung sind die vedischen Schriften, denn sie sind nach Shankaras Auffassung die heilige, göttliche Offenbarung. Obwohl die Texte als solche der relativen Welt angehören, kann der Mensch durch sie zum höchsten Absoluten gelangen, das sich durch das *Wort* mitteilt.

Shankaras Werke

Zu den bedeutendsten Schriften Shankaras zählt sein Kommentar zu den Vedāntasūtras des Bādarāyana, sein *Brahmasūtrabhāshya* oder *Shārīrakabhāshya*. Die Vedāntasūtras bestehen aus 555 Aphorismen, die meist nur zwei oder drei Worte umfassen und ohne Kommentar nicht verständlich sind. Sie nehmen insbesondere auf Stellen aus verschiedenen Upanischaden Bezug und sehen das Brahman als letzte Ursache aller Dinge.

Wie auch bei anderen Kommentaren, versucht Shankara jene Stellen hervorzuheben, die seine eigene Philosophie unterstützen, und umgeht mit großer Interpretationskunst Differenzen - tatsächlich sehen die Sūtras das Brahman nämlich als transzendent *und* immanent in der Vielheit der Schöpfung: Die Welt wird noch nicht als Māyā gesehen.

Seine Schrift *Ātmabodha* (Erkenntnis des Selbst) erklärt in nur 68 Versen die Philosophie des Advaita Vedānta mit der Lehre von Āt-

[54] *Vivekacūdāmani*, Vers 481-5

man, Brahman und Māyā und erläutert die Methoden, die zur Befreiung führen.

Bedeutend ist auch sein Werk *Vivekacūdāmani* (Kronjuwel der Unterscheidung), das speziell die Unterscheidung zwischen der Wirklichkeit und der Erscheinungswelt abhandelt. Weitere ihm zugeschriebene Werke sind *Tattvabodha* (Erkenntnis der Wahrheit) und *Upadeshasāhasrī* (tausendfältige Unterweisung), die ähnliche Themen zum Gegenstand haben.

Viele weitere Schriften werden Shankara zugeschrieben. Doch besteht zum Teil Unsicherheit, ob sie wirklich von ihm verfasst wurden oder aus dem Kreis seiner Anhänger stammen. Die Problematik ist eine ähnliche wie bei manchen großen Werken der europäischen Kunst, wo die wahre Urheberschaft nicht zweifelsfrei festzustellen ist.

Rāmānujas Vishishtādvaita

Shankaras Advaita Vedānta war als Philosophie nicht wirklich seine eigene Erfindung, denn der entsprechende Ansatz findet sich bereits in den Upanischaden, speziell der Māndukya Upanishad, und wurde dann vom bereits erwähnten Gaudapāda weiter entwickelt. Doch Shankara sorgte mit seiner starken Persönlichkeit und großen intellektuellen Kraft für die Verbreitung. Sein Weg war ein hoch entwickelter Jñāna-Pfad, und Texte wie sein Brahmasūtra-Kommentar sind ungeschulten indischen Lesern ebenso wenig zugänglich wie schwierige Texte deutscher Philosophen Lesern hierzulande.

Es ist charakteristisch für die Vielfalt des indischen Geisteslebens, dass Shankaras Version des Vedānta trotz seines großen Einflusses nicht die einzige blieb. Andere Lehren entstanden, die zum Teil zugänglicher waren, indem sie mehr das Herz als den Kopf ansprechen, und speziell zu erwähnen ist hier der Vishishtādvaita, der qualifizierte Monismus des Rāmānuja. Dieser vertrat innerhalb des Vedānta einen Bhakti-Weg und richtete sich damit an jene Menschen, die primär in Anbetung und Hingabe Erfüllung suchen. In seiner Lehre verband er den Vedānta mit dem Vishnuismus und stellte die Anbetung des Īshvara in den Mittelpunkt. Der Vishnuismus sollte später im 16. Jh. in der Person Caitanyas seinen Höhepunkt finden. Für ihn waren Bhakti-Yoga und Japa, die Wiederholung des Mantra, der einfachste und alleinige Weg zu Gott.[55]

Rāmānuja (1017-1137) lebte in Südindien und studierte bereits in jungen Jahren die Vedānta-Lehre bei einem Meister namens Yādava Prakāsha. Dieser folgte der Richtung des „Bhedābheda", die davon ausgeht, dass die Seele einerseits vom Brahman verschieden ist (*bheda*), andererseits aber mit Ihm vereint (*abheda* - nicht verschieden), wobei die Verschiedenheit auf der relativen Ebene als durchaus

---

[55] Eine ausführliche Lebensbeschreibung Caitanyas findet sich in dem Buch *Das Geheimnis der Mantra-Kraft*, S. 59-68

real gesehen wird.

Rāmānuja entwickelte auf dieser Grundlage alsbald seine eigenen Gedanken und stellte seinen Lehrer in den Schatten, indem er weit mehr Anhänger fand, die zum Teil aus dessen Kreisen kamen. Nach anfänglichem Neid erkannte schließlich auch Yādava Rāmānujas Größe an und akzeptiere dessen Philosophie.

Rāmānuja lebte zunächst als verheirateter Haushälter, wurde jedoch später zum Mönch in Shrirangam, wo er zahlreiche Schüler um sich versammelte. Gleichwohl erstrebte er die Einweihung bei einem Heiligen namens Goshthipūrna, der in der Nähe wohnte. Erst nachdem er sechsmal abgewiesen worden war, erhielt er von ihm ein heiliges Mantra. Doch der Heilige gab ihm die strikte Weisung, sein Mantra nicht an andere Menschen weiterzugeben - andernfalls würde er selbst verdammt werden, während den anderen Erleuchtung zuteil würde.

Als Rāmānuja dies hörte, begab er sich in einen Tempel und wiederholte dort vor zahlreichen Besuchern laut sein Mantra *om namo nārāyanāya.* Als Goshtipūrna ihn darauhin mit gespieltem Zorn schalt, erwiderte Rāmānuja: „Wenn durch meine Verdammung so viele Menschen erlöst werden, so könnte ich mir nichts Höheres wünschen." Tatsächlich war Goshtipūrna aber sehr erfreut über Rāmānujas Uneigennützigkeit und erteilte ihm seinen Segen.

Rāmānujas Philosophie

Ramakrishna Paramahansa, der bekannte Lehrer Swami Vivekanandas, sagte einmal, der Anbeter Gottes habe - bildlich gesprochen - zwei Möglichkeiten: zu Zucker zu werden oder Zucker zu genießen. Bei Shankaras Advaita Vedānta *verschmilzt* der Anbeter mit dem Brahman im Nirvikalpa Samādhi. Rāmānuja dagegen lässt eine transparente Verschiedenheit der Einzelseele vom Brahman bestehen, wobei der Anbeter die Freude göttlicher Liebe und Verehrung erfährt. Und während Shankara von einer wirklich-unwirklichen Māyā spricht, sieht Rāmānuja eine Shakti als Kraft Brahmans, die ihrem Wesen nach real ist und ewig mit Ihm koexistiert. So ist das höchste Brahman nicht eigenschaftslos und unpersönlich, sondern persönlich und mit allen segensreichen Eigenschaften versehen.

In diesem Sinne ist Rāmānujas Lehre ein Vishishtādvaita, d.h. ein „mit Eigenschaften versehener Monismus“. Die Einzelseelen sind mit dem Brahman weder direkt identisch noch getrennt von Ihm, sie finden ihre Erfüllung in der Selbsthingabe an das Brahman. Die materielle Welt und die Menschen werden als Körper Brahmans betrachtet und sind als solche real und von Ihm beseelt.

Als Mittel zur Erlösung dienen Meditation und vor allem Bhakti, Werke spielen eine hilfreiche Nebenrolle. Als nützliche Eigenschaften werden Wahrhaftigkeit, Aufrichtigkeit, uneigennütziges Handeln, Gewaltlosigkeit und Wunschlosigkeit empfohlen.

Rāmānuja glaubte nicht an Jīvanmukti, die Befreiung der Seele noch zu Lebzeiten im Körper, sondern an (letztliche) Befreiung nach dem Tode, der ein Übergang ist, eine Passage zur ewigen Heimat im Brahman. Aber auch in diesem höchsten Stadium bewahrt die Seele ihre individuelle Wesenheit, obgleich sie nun im Bewusstsein des Unendlichen weilt.

Rāmānujas Hauptwerk ist das *Shrībhāshya*, ein Kommentar zu den Brahmasūtras. Dazu schrieb er auch eine Kurzfassung, *Vedāntadīpa.* Im *Vedārthasamgraha* geht er speziell auf das Konzept der Māyā ein, das er zurückweist.

Es gab noch einige andere Varianten der Vedānta-Lehre, die hier nicht im Einzelnen vorgestellt werden können. Am bekanntesten darunter ist die dualistische Version, die von Madhva (1199-1278) vertreten wurde. Bei ihm werden die Unterschiede zwischen Gott, Welt und Einzelseele als getrennte Wesenheiten stark hervorgehoben. Auch Madhva schrieb einen Kommentar zu den Brahmasūtras, ebenso wie zu den Upanischaden und der Gītā.

Die Hathapradīpikā des Svātmārāma

Der Hatha Yoga[56] wird heute weltweit in verschiedenen Übungsformen praktiziert. Ihnen allen liegen insbesondere drei Quellentexte zugrunde, die in Sanskrit verfasst sind und zwischen dem 12. und 16. Jh. entstanden sein dürften: Die *Hathapradīpikā* des Svātmārāma, die *Gheranda-Samhitā* des Gheranda und die *Shiva-Samhitā*, deren Verfasser unbekannt ist.[57]

Die drei Texte unterscheiden sich in ihren Schwerpunkten wie auch einigen Details, doch kann in den praktischen Übungsanleitungen eine weitgehende Übereinstimmung festgestellt werden. Wir werden in diesem Kapitel den bekanntesten dieser Texte vorstellen: Die *Hathapradīpikā*. Als Buchtitel lesen wir oft auch *Hathayogapradīpikā*, doch taucht diese Bezeichnung in den ersten Original-Sanskritschriften nicht auf. Es gibt eine große Anzahl verschiedener Manuskripte, wobei die Zahl der Verse zwischen 389-1553 und jene der Kapitel zwischen 4 und 10 liegt.

Wir greifen im folgenden auf die Ausgabe von M.L. Gharote und Parimal Devnath zurück, die im Jahr 2002 vom Lonavla Yoga Institute in Indien herausgegeben wurde und 10 Kapitel umfasst. Die Herausgeber berichten im Vorwort, wie sie das Manuskript nach fünfundzwanzig Jahren Suche in einer Bibliothek in Jodhpur aufspürten. Diese neue empfehlenswerte Ausgabe[58] enthält 643 Verse in Devanāgarī und lateinischer Umschrift sowie eine gut lesbare engli-

---

[56] *hatha* bedeutet im Sanskrit wörtlich „Kraft", daher „Yoga der Kraft". Oft wird auch eine esoterische Bedeutung genannt: *Ha* ist der Sonnenatem, Prāna, während *Tha* der Mondatem ist, Apāna. Die Vereinigung beider führt zur Erweckung der Kundalinī.

[57] Es existieren noch einige weitere Texte, von denen vor allem das *Goraksha-Shataka* des Goraksha als wichtig gilt.

[58] *Hathapradīpikā of Svātmārāma*. 10 Chapters. With Yogaprakāshikā Commentary by Bālakrishna.

Eine dt. Ausg. der Hathapradīpikā wurde vom Olms Verlag herausgegeben. Hierbei handelt es sich um den Abdruck einer Dissertation aus dem Jahre 1893, der eine Ausgabe des Sanskrit-Textes in vier Kapiteln zugrunde lag: *Svātmārāma's Hathayogapradīpikā*. (Die Leuchte des Hathayoga). Aus dem Skrt. übers. von Hermann Walter. Hildesheim 1984.

sche Übersetzung. Ein Kommentar von Bālakrishna wird nur ohne Übersetzung abgedruckt.

Diese Ausgabe wurde sehr sorgfältig erstellt und enthält neben einem Glossar und Index der Anfangswörter eines Verses auch einen Sanskrit-Wortindex für den gesamten Text. Die folgende Zusammenfassung gibt einen Überblick über den umfassenden und vielfältigen Inhalt der Verse.

1. Kapitel. Der erste Vers benennt den Urheber der Weisheit des Hatha Yoga und erklärt dessen grundsätzliche Bedeutung:

> „Ich verneige mich vor Shrī Ādinātha, der die Weisheit des Hatha Yoga verkündete, die als Leiter gilt, um die höchste Stufe des Rāja Yoga zu erreichen."

Ādinātha ist Shiva, dem somit die Urheberschaft des Hatha Yoga zugeschrieben wird. Etwas später werden die Namen Matsyendra und Goraksha genannt, von denen Svātmārāma das Wissen empfangen hat. Matsyendra soll im 5. oder 6. Jh. gelebt haben und vierhundert Jahre alt geworden sein, woraufhin er das Wissen im 10. Jh. an Goraksha weitergab. Letzterer war ein bekannter Yogi, der zahlreiche religiöse Zentren begründete und viele Werke verfasste.

Wichtig in diesem ersten Vers ist auch die Definition des Hatha Yoga als eines Systems, das zur Erfüllung des Zieles des Rāja Yoga[59] führt. Weiter heißt es, Svātmārāma habe die Hathapradīpikā verfasst „für jene, die aufgrund der Vielfalt der Ansichten (über den Hatha Yoga) verwirrt sind und kein Wissen über den Rāja Yoga besitzen."

In Vers 10 wird erklärt, der Hatha Yoga gewähre all jenen Zuflucht, die von den Leiden des Lebens heimgesucht werden: „Er bietet Unterstützung für all die verschiedenen Zweige des Yoga, so wie einst die Schildkröte (beim Quirlen des Milchozeans) eine Stütze gewährte."

Der Text erörtert dann die Grundelemente der Schöpfung und spricht das Gesetz des Karma und der Verstrickung durch Werke an,

---

[59] D.h. des Systems, das Patañjali in den Yogasūtras vorgelegt hat.

wodurch Samskāras geschaffen werden, d.h. feine Prägungen, die den Menschen binden. „Der wahre Yogi kennt den Lauf von Evolution und Involution.“ Eine wichtige Rolle in der Schöpfung kommt dem Element Äther (*ākāsha*) zu: Aus ihm entwickelt sich das ganze bewegliche und unbewegliche Universum und geht wieder in ihm auf.

Im nächsten Abschnitt werden Begehren und Egoismus abgehandelt, die durch Anhaftung binden. Sie erlöschen durch Erleuchtung und Weisheit, welche Moksha (Befreiung) herbeiführen.

In Vers 35 werden die sechs Glieder des Yoga genannt: *āsana* (Körperstellung); *prāna-samrodha* (Atemkontrolle), *pratyāhāra* (Abziehen der Sinne), *dhāranā* (Konzentration), *dhyāna* (Meditation) und *samādhi* (Versenkung). Wenn der Yogi im Samādhi das höchste Licht empfängt, transzendiert er Karma und wird nicht wieder geboren.

Āsanas helfen, Krankheiten zu heilen, und Prānāyāma „löscht Vergehen aus“, Pratyāhāra befreit von mentalen Leiden. Hilfreiche äußere Praktiken und innere Haltungen sind das Studium der heiligen Schriften, die Anleitung eines Gurus, Entschlossenheit, Geduld, Ausdauer etc. Hinderlich für die Yoga-Praxis sind dagegen Maßlosigkeit, Geschwätzigkeit, übertriebene Askese und schlechte Gesellschaft. Für die Ernährung wird, wie in der Bhagavad Gītā, eine ausgeglichene Nahrung empfohlen, die den Körperorganismus nicht aufreizt oder aber träge macht.

In den Versen 55-58 werden zehn Yamas und zehn Niyamas genannt. Zu den ersteren zählen Gewaltlosigkeit, Wahrhaftigkeit, Enthaltsamkeit, Vergebung, Einfachheit und Sauberkeit. Niyamas sind u.a. Zufriedenheit, Glaube an Gott, seine Anbetung und Verehrung, sowie Opferriten. Diese Yamas und Niyamas, so heißt es, können die Folgen von Fehlverhalten beseitigen wie ein starker Wind, der den Staub hinwegfegt.

2. Kapitel. In diesem Kapitel werden die *āsanas* erörtert, deren Wirkung generell als gesundheitsfördernd beschrieben wird. Es gibt so viele Āsanas, wie Gattungen von Lebewesen existieren, aber Shiva hat 84 speziell ausgewählt. Einige davon, die von Weisen wie Vasishtha und Yogis wie Matsyendra praktiziert wurden, werden dann im Text vorgestellt, als erstes der Kreuzsitz: „Indem man die Fußsohlen richtig zwischen den gegenüberliegenden Oberschenkeln und Unterschenkeln plaziert, sitzt man aufrecht. Dies ist *svastikāsana.*“

Viele weitere Āsanas werden dargestellt und zum Teil auch die physiologischen Wirkungen erklärt. So gelte für das Matsyendrāsana (Drehsitz), dass es die Verdauung anregt, die Wirbelsäule stabilisiert und die Kundalinī erweckt. Als besonders wertvoll wird das Siddhāsana dargestellt, ein „vollkommener“ Meditationssitz, bei dem die Beine an den Knöcheln überkreuzt werden. Man hält den Rücken gerade und fixiert den Blick zwischen den Augenbrauen. „Dies ist *siddhāsana*, welches das Tor zur Befreiung (*moksha*) öffnet.“ Ein Yogi, der dieses Āsana „zwölf Jahre übt, sich maßvoll ernährt und sich dem Studium des Ātman widmet, erlangt den Zustand des Samādhi.“

Verwandt dem Siddhāsana ist das Padmāsana, der Lotussitz, bei dem die Beine so überkreuzt werden, dass die Füße auf dem jeweils gegenüberliegenden Oberschenkel ruhen. Zusätzlich können auch noch die Hände hinter dem Rücken gekreuzt werden und jeweils die großen Zehen umfassen. Dieses Āsana „beseitigt die Krankheiten der Yogis.“

3. Kapitel. Hier werden die *shat-karmas* vorgestellt, d.h. sechs Reinigungstechniken. In Vers 8 wird erklärt, dass diese nicht von jenen praktiziert werden müssen, deren Doshas (Humore) ausgeglichen sind. Die drei Doshas Vāta, Pitta und Kapha werden im folgenden Kapitel „Āyurveda“ ausführlich erläutert.

Die sechs Reinigungstechniken sind *dhautī, bastī, netī, trātaka, naulī* und *kapālabhastrī*. Hierbei werden durch verschiedene Hilfsmittel Magen, Darm und Nasenkanäle gereinigt. Als Krönung gilt der Naulī-Yoga, bei dem durch eine besondere Technik der Magen im Kreise bewegt wird. Wenn durch diese Praktiken die Nādīs, die feinstofflichen Kanäle, gereinigt sind, ist der Körper bereit für die Übung des Prānāyāma.

4. Kapitel. Prānāyāma. Gleich im ersten Vers dieses Kapitels wird erklärt: der Schüler solle „gemäß der Weisung des Gurus“ üben. Weiter heißt es an anderer Stelle, unkundiges Üben könne Krankheit verursachen, so wie richtiges sehr förderlich für die Gesundheit sei.

In Vers 14 wird eine Übung vorgestellt, die in der Literatur und in Artikeln oft empfohlen wird: Man atmet durch das linke Nasenloch ein und - nach kurzem Anhalten - wieder durch das rechte aus. Dann wieder durch das rechte ein und durch das linke aus, usw. Dies wirkt ausgleichend für die Gesundheit und das Wohlbefinden.

Viele sehr anspruchsvolle Praktiken werden beschrieben, deren Ziel ein ruhiger und ausgeglichener Geist ist. Teils führen diese Übungen zum Erwachen der Kundalinī oder sollen von Alter und Krankheit befreien.

In den Versen 67-69 wird die Beziehung zwischen Hatha- und Rājayoga angesprochen: „Hatha ohne Rājayoga kann nicht vervollkommnet werden, und so kann auch Rājayoga ohne Hatha nicht vollendet werden. Daher sollte man beide praktizieren, bis man den Zustand des Samādhi erlangt."

5. Kapitel. „Kundalinī bildet die Grundlage der gesamten Yoga-Wissenschaft", heißt es im ersten Vers. „Wenn die schlummernde Kundalinī durch die Gnade des Gurus erweckt wird, so werden von ihr alle Cakras und Granthis („Knoten") durchstoßen." Daraufhin kann Prāna frei durch die „Königspassage" *(nādī sushumnā)* fließen und der Geist wird befreit und der Tod außer Kraft gesetzt.

Mit 188 Versen ist dieses Kapitel das längste in der vorliegenden Ausgabe. Detailliert werden verschiedene Techniken beschrieben, welche die Kundalinī beeinflussen, und die drei Nādīs (*idā, pingala, sushumnā*) erklärt, die feinstofflichen Nervenbahnen. Der Inhalt dieser Ausführungen ist zum Teil tief esoterisch und nur für Eingeweihte nachvollziehbar.

Einige Praktiken wie *mahāmudrā* können aus verschiedenen Elementen bestehen, d.h. Āsanas, Prānāyāma wie auch Bandhas (Kontraktionen). In jedem Falle sollten diese nur unter der Anleitung eines erfahrenen Meisters geübt werden.

Techniken wie z.B. *khecarī mudrā* (Vers 38 f.) greifen so tief in die Physiologie ein, dass sie nur von wenigen indischen Hatha Yoga-Adepten praktiziert werden. So wird z.B. die Zunge durch bestimmte Maßnahmen wie Schnitte an den Zungenbändern im Verlaufe von Monaten oder Jahren systematisch gedehnt, bis sie den Punkt zwischen den Augenbrauen erreichen kann. Schließlich wird sie rückwärts in den Nasenrachenraum geführt, was zu einer überwältigenden Kundalinī-Erfahrung führen soll, wobei man „den Mondnektar trinkt und befreit wird wie Shiva selbst.“ [60]

Diese Mudrā soll auch von allen Krankheiten befreien und gegen Gifte immun machen. In Vers 123 wird sogar eine Vergöttlichung des Körpers in Aussicht gestellt, der den Kräften des Verfalls und des Todes entrückt wird. Eine entscheidende Rolle spielt dabei die bewusste Lenkung feinstofflicher Essenzen (*bindu*) im Körper.

6. Kapitel. Dieses Kapitel ist ganz der Meditation gewidmet und beginnt mit einer Erläuterung des Begriffes *pratyāhāra*, der hier zum einen das Abziehen der Sinnesorgane von den Objekten bedeutet, zum anderen die Wahrnehmung aller Dinge als höchstes Selbst, Ātman.

Darauf folgt *dhyāna*, die eigentliche Meditation. Ausführlich wird eine Cakra-Meditation geschildert, wobei jedem Zentrum eines der fünf Elemente Erde, Wasser, Feuer, Luft, Äther zugeordnet ist, so z.B. dem Herzzentrum das Element Erde. Durch Dhyāna, so heißt es, wird der Geist von allen Gedanken frei: *dhyānam ca sarvacintānām nivrittir.*

Im zweiten Teil des Kapitels werden zahlreiche Eigenschaften wie Weisheit, Mitgefühl, Trägheit oder Neid aufgezählt, die die Meditation jeweils fördern oder behindern.

7. Kapitel. Hier geht es um *Samādhi*, die Vereinigung der individuellen Seele (*jīvātman*) mit dem höchsten Selbst (*paramātman*). So wie Salz sich im Wasser auflöst, so gehe die Seele im Selbst auf. Der befreite Yogi unterliegt nicht länger den Gesetzen von Zeit oder Karma. Kontrolle und bewusste Lenkung des Prāna sowie die Fähigkeit, den Geist von seinen Aktivitäten zurückzuziehen, sind Voraussetzung für die Befreiung.

Es werden dann verschiedene fortgeschrittene Meditationstechniken erläutert, und das ganze Universum wird als „Vorstellung“ (*sankalpa*) beschrieben. Wenn man von der Welt der (mentalen) Imaginationen Abstand nimmt, so wird innerer Frieden erlangt.

---

[60] Vers 50

8. Kapitel. Nāda. „Wer Meisterschaft im Yoga anstrebt, entsagt allen Gedankenregungen und lauscht dem Nāda“, heißt es in Vers 7. Nāda ist der mystische innere Klang, den der Yogi hört, indem er seine Ohren schließt und aufmerksam horcht. Durch diese Praxis wird er von allen äußeren Ablenkungen befreit und erfährt ein großes Glücksgefühl.

In den Versen 17-18 werden verschiedene Arten von Klängen beschrieben wie z.B. Meeresrauschen, Donnern, Trommeln, Klingeln oder Bienensummen. Empfohlen wird die Konzentration auf die subtileren Klänge. Die Nāda-Praxis führt letztlich zum höchsten absoluten Zustand des Samādhi, der jenseits des Klanges ist.

9. Kapitel. Lebensdauer und Tod. Diese beiden Themen werden in recht esoterischer und schwer nachvollziehbarer Weise erläutert, indem z.B. erklärt wird, dass bestimmte Träume, oder auch äußere Geschehnisse, Hinweise auf ein nur kurzes Leben oder den unmittelbar bevorstehenden Tod sein sollen.

10. Kapitel. Dieses letzte Kapitel der Pradīpikā greift noch einmal einige Themen des Textes auf und enthält insbesondere in den Versen 6-12 eine ausführliche Erläuterung der verschiedenen Aspekte der mystischen Silbe OM, deren ständiges Chanten empfohlen wird.

Āyurveda - Die Caraka-Samhitā

Der Āyurveda hat seit Ende des 20. Jhs. im Westen eine ähnliche Popularität erlangt wie der Hatha Yoga und wird in der vorliegenden Studie im Anschluss an den Hatha Yoga abgehandelt, da eine gewisse thematische Verwandtschaft vorliegt.[61] Zeitlich sind die Grundlagentexte des Āyurveda allerdings viel früher anzusetzen und gehen in ihren Ursprüngen bis in die vedische Zeit zurück.

Āyurveda ist mehr als ein medizinisches System, es ist „die Wissenschaft vom Leben."[62] Der Ansatz ist ganzheitlich, indem der Mensch in seiner Gesamtheit und als Teil einer Gemeinschaft gesehen wird. Krankheit wird gedeutet als Zeichen einer Disharmonie oder eines Ungleichgewichts im Individuum. Zum Zwecke der Heilung prüft der ayurvedische Arzt nicht nur die körperliche Befindlichkeit des Patienten, sondern auch seine Ernährung, seine Lebensgewohnheiten und sein gesellschaftliches Umfeld.

Die verschiedenen Therapien können Anwendungen wie Massage, Ölguß, Wasserbad oder pflanzliche Heilmittel beinhalten. Doch gleichzeitig wird der Patient auch ermutigt, eine gesunde geistige Grundhaltung in Form von Gleichmut und Frohsinn zu kultivieren, da negative Gemütszustände wie übertriebene Sorge, Grübelei oder Hass die körperliche Gesundheit in Mitleidenschaft ziehen können.

Die drei Doshas

Die Existenz einer unsterblichen Seele, die ewig und unvergänglich ist, wird anerkannt. Sie existiert als nichtmaterieller Urstoff unseres Bewusstseins, während der Körper vergänglich ist. Als Grundsub-

---

[61] David Frawley erläutert die Beziehung zwischen den beiden Systemen in seinem Buch *Ayurveda und Yoga* (Aitrang 2001)

[62] Alternativ ist auch die Übersetzung „Wissenschaft vom langen Leben" möglich.

stanz des Lebens gelten die fünf Elemente Äther, Luft, Feuer, Wasser und Erde. Diese Elemente liegen den drei „Doshas“ oder Humoren zugrunde, welches dynamische Prinzipien sind, aus deren Zusammenwirken die geistigen und körperlichen Vorgänge erklärt werden.

Vāta oder „Wind“ basiert auf den Elementen Äther und Luft und ist mit Eigenschaften wie leicht, trocken, fein, kalt und flüchtig verbunden. Diese Energie regelt die Motorik des Körpers ebenso wie geistige Aktivitäten, Atmung, Sprache und Gefühle. Sie neigt bisweilen zur sprunghaften Impulsivität und muss dann behutsam gezügelt werden, um die Ausgewogenheit wiederherzustellen.

Pitta, „Galle“, basiert auf dem Element Feuer und wirkt heiß, trocken, scharf oder stechend. Sehen, Verdauung, Intellekt und Frohsinn werden von dieser Energie bestimmt. Wenn sie positiv eingesetzt wird, kann sie sehr segensreich sein und dynamische Kraft in eine Arbeit einbringen. Aber in ihrer negativen Form versengt sie wie ein stark gebündelter Sonnenstrahl und kann zum Beispiel Magenbrennen oder Ärger und Unzufriedenheit hervorrufen.

Kapha oder *Shleshman*, „Schleim“, basiert auf den Elementen Erde und Wasser. Diese Energie wirkt erdend und steht für Festigkeit, Schwere und Kraft. Zu viel Kapha führt zu Frösteln, Übelkeit oder Müdigkeit. Kapha neigt ein wenig zur Trägheit und braucht belebende Impulse, um zum Fließen gebracht zu werden.

Jeder Mensch verkörpert diese Doshas in verschiedenen Kombinationen, wobei jeweils ein Dosha im Vordergrund steht und das individuelle Wesen prägt. Der ayurvedische Arzt versucht in seiner Behandlung speziell auf den jeweiligen Typus und dessen Bedürfnisse einzugehen. So mag eine bestimmte Heilpflanze für einen Pitta-Typus indiziert sein, während sie für den Vāta- oder Kapha-Typus zu meiden oder in anderer Form und Dosis zu verschreiben ist.

Die verordneten Arzneien oder Lebensmaßregeln wirken verstärkend oder abschwächend auf bestimmte Doshas, wodurch das Gleichgewicht wiederhergestellt werden soll. Auch Wetter und Klima können einzelne Doshas beeinflussen. So stärkt z.B. ein heißer Sommer Pitta, während feuchtes und kaltes Wetter Vāta und Kapha mehrt.

Die Caraka-Samhitā

Die Caraka-Samhitā ist das erste große Kompendium der klassischen indischen Medizin. Sie geht im Kern vermutlich auf das 2. Jh. zurück, doch kamen größere Teile des Textes noch im 8. oder 9. Jh. hinzu. Sie wurde im wesentlichen von dem Arzt Caraka verfasst, der Material aus dem *Agnivesha-Tantra* neu bearbeitete, welches vermutlich aus dem 6. Jh. v.Chr. stammt.

Wer einmal die fünfbändige Ausgabe dieses Textes in englischer Übersetzung in Händen gehalten hat, weiß, dass hier ein fast unglaubliches Zeugnis des Genies der altindischen Medizin vorliegt.[63] In acht Teilen werden Hunderte von Krankheiten und Symptomen höchst detailliert beschrieben, dazu auch die jeweiligen Ursachen und Therapien, die exakt auf die Konstitution und Befindlichkeit des Patienten abgestimmt sind. Das anatomische Wissen, das hier zutage tritt, die Erörterung zahlloser Arzneien und deren Zubereitung lässt auf enorme Kenntnisse der Autoren schließen. Wie aber kam die Menschheit an dieses kostbare Wissen?

In der Einleitung des Textes wird der mythische Hintergrund erklärt, der auch deutlich macht, dass es sich hier wahrlich um eine „heilige Schrift“ handelt: Einst, so heißt es, versammelten sich fünfzig Rishis im Himalaya, um generell über Gesundheitsprobleme zu beraten, denn diese waren ein großes Hindernis für Gottsucher, die sich intensiven spirituellen Praktiken widmeten, wie auch für andere Menschen auf der Erde.

„Freiheit von Krankheit ist die Grundlage für Kāma, Artha, Dharma und Moksha“, erklärten die Rishis und befanden, dass gegen Krankheit ein Mittel gefunden werden müsse. Die vier genannten Sanskrit-Begriffe stehen für die Grundziele des Menschen, die er in verschiedenen Lebensphasen anstreben kann: Die Erfüllung von natürlichen Wünschen; Erlangung von Wohlstand; ein Leben im Einklang mit Dharma, dem Verhaltenskodex gemäß den vedischen

---

[63] *Caraka Samhitā* (second revised edition). Translated by A. Chandra Kaviratna and P. Sharma. Delhi, 1996, 5 Vols.

Schriften; und schließlich Moksha, die spirituelle Befreiung. So wird in diesem Vers der spirituelle Bezug des Āyurveda hergestellt, indem dieser als unterstützend für die Erlangung des höchsten Lebensziels dargestellt wird.

Zu den besagten Rishis in der großen Versammlung zählten einige der bekanntesten Namen jener Zeit wie Nārada, Agastya, Bhrigu, Bharadvāja und Vasishtha. Als sie sich nun in Meditation vertieften, um eine Lösung für das Problem zu finden, erschien ihnen vor ihrem inneren Auge der Götterfürst Indra. Daraufhin beschlossen die Rishis, Bharadvāja als Gesandten zu ihm zu schicken, um das heilige Wissen zu empfangen. Indra, so berichtet der Text, hatte es einst von den Ashvins erhalten, den beiden vedischen Zwillingsgöttern, die als Begründer der Heilkunst gelten. Sie wiederum bekamen es von Prajāpati, dem Urvater der Schöpfung, der es direkt von Brahmā erhielt.

Bharadvāja suchte also Indra in der Himmelsregion auf und empfing von ihm das ayurvedische Wissen. „Und als er es vollständig gemeistert hatte, erlangte er dadurch unsterbliches Leben und gab es, erfüllt von Glück, exakt an die Rishis weiter."[64] Über Bharadvājas Schüler Ātreya Punarvasu gelangte es dann zu Agnivesha, der es besonders gut verstand und in einer von allen anerkannten Form niederlegte.

Nach diesem Vorbericht beginnt Caraka seine eigentliche Abhandlung mit allgemeinen philosophischen Erörterungen, die vom Sānkhya beeinflusst sind. Signifikant ist seine Definition der dreifachen Ursache aller körperlichen und geistigen Krankheiten: „Ungünstige, übermäßige oder mangelnde Korrelation (der Faktoren) Zeit, Geist und Sinnesobjekte."[65] Zur Gesundheit heißt es im nächsten Vers: „Körper und Geist gelten als jenes, worin Gesundheit und Krankheit innewohnen; eine Ausgeglichenheit der Korrelation ist die Ursache von Gesundheit."

Diese Ausführungen bedürfen der Erläuterung, insbesondere bezüglich des Faktors „Zeit": Hiermit ist das Alter des Menschen ge-

---

[64] I.1.24-25

[65] I.1.53

meint ebenso wie die Jahreszeit und die entsprechende Kapazität der Sinnesorgane. So kann ein Baby nur wenig direkte Sonne vertragen, während sie für den erwachsenen Menschen gesund ist. Ähnliches gilt auch für verschiedene Arten von Nahrung, die jahreszeitlich bedingt verschiedene Wirkungen haben und etwa im kalten Winter bekömmlich sein mögen, während sie im heißen Sommer Probleme verursachen. Und im geistigen Bereich können wir als Beispiel nennen, dass etwa im Kindesstadium das Lesepensum eines Professors eher schädlich wäre. Es soll durch diesen Vers also das Prinzip des rechten Maßes der rechten Dinge zur rechten Zeit ausgedrückt werden.

Im nächsten Vers heißt es dann, im Einklang mit der Sānkhya-Philosophie, dass das Selbst, die Seele unveränderlich und ewig sei: „Sie ist der ewige Zeuge, denn sie betrachtet alle Handlungen."

Daraufhin werden verschiedene Arten von Therapien erörtert, wobei für körperliche Erkrankungen außer den speziell gefertigten Arzneien auch Rituale und Mantras empfohlen werden, durch die man sich den Göttern zuwendet. Erkrankungen des Geistes werden geheilt „durch Erkenntnis der Seele, der heiligen Schriften, Geduld und Erinnerung und das Abziehen des Geistes von weltlichen Objekten."[66]

Als Krankheitsfaktoren im Physischen werden „Wind", „Galle" und „Schleim" beschrieben: „deren „Unausgeglichenheit... ist Krankheit; während ihre Ausgeglichenheit Gesundheit konstituiert."[67] Entsprechende Krankheitsprobleme können durch geeignete Mittel behoben werden. In langen Aufzählungen werden dazu zahlreiche Pflanzen, Mineralien, Früchte etc. mit den jeweiligen Heilindikationen benannt.

Doch Caraka erläutert nicht nur das Thema „Medizin", sondern auch das Verhältnis von Arzt und Patient. Der Arzt sollte nach seiner Vorstellung ein Idealist sein, der es als seine ureigene Berufung ansieht, Menschen zu heilen, ohne wirtschaftliche Motive zu verfolgen. Ein Heiler, der diesem Prinzip folgt, erlangt dadurch die höchste

---

[66] I.1.57

[67] I.9.10

spirituelle Befreiung .[68]

Seinen Lebensunterhalt bestritt der ayurvedische Arzt durch Gaben, die er aus Dankbarkeit von geheilten Patienten erhielt. Äußerungen des Griechen Megasthenes machen deutlich, dass die indischen Ärzte jener Zeit diesen Idealen tatsächlich entsprachen und die allgemeine medizinische Versorgung frei zur Verfügung stellten.[69]

Medizin war eine sakrale Wissenschaft, und der Patient wurde in eine Psychologie positiven Lebens eingebunden. Er betrachtete seinen Heiler als gütigen Lehrer und Meister, der auch das Recht hatte, falsche Lebensweisen zu korrigieren.

Einige Passagen der Caraka-Samhitā belegen, dass auch Mantra-Praktiken in die Zubereitung von Arzneien einbezogen wurden. So wird in einer Passage geschildert, wie zunächst aus verschiedenen Ingredienzen ein Puder gestampft wird. Dann folgt die Weisung, der Mischung einige Gramm zu entnehmen und mit dem folgenden Mantra zu weihen:

> „OM! Mögen Brahmā, Daksha, die Zwillingsbrüder Ashvins, Rudra, Indra, die Göttin Erde, Mond, Sonne, Vāyu und Agni - mögen die Rishis und die ganze Welt der Kräuter und die Scharen erschaffener Wesen dich schützen... Indem er dieses heilige Mantra rezitiert, sollte der Patient die Arznei zu sich nehmen, wobei er sein Gesicht dem Osten zuwendet."[70]

Carakas spirituelle Philosophie

Der Abschnitt Shārira-Sthānam V.1-23 der Samhitā ist speziell der spirituellen Philosophie gewidmet. In einer großartigen Vision wird der Mensch als Mikrokosmos dem Universum als Makrokosmos gegenübergestellt. Seine äußere Gestalt, seine Körpersäfte, die Körperwärme, Atem, Hohlräume entsprechen den kosmischen Prinzipien Erde, Wasser, Feuer, Luft und Weltraum. Und so wie das Universum

---

[68] A. Chattopdhyay, *Studies in the Caraka Samhitā* (Varanasi 1995), p. 166

[69] Quelle gemäß Chattopadhyay: *Classical accounts of India,* Ch.V., p. 275

[70] Kalpa Sthāna I.22-23. Op.cit., Vol. V, p. 1281. Daksha ist Prajāpati, Rudra ist Shiva und Vāyu ist der Windgott.

Brahman manifestiert, so verkörpert der Mensch sein inneres Selbst.

Verschiedene Aspekte und Gemütsregungen des Menschen werden mit bestimmten Göttern in Verbindung gebracht, z.B. das Bewusstsein mit Indra, Zorn mit Rudra und die Schönheit mit den Ashvins. Ähnlich entspricht die *Unwissenheit* des Menschen der Dunkelheit in der äußeren Welt und *Erkenntnis* dem Licht. Weiter heißt es dann:

> „Wer das Universum in sich selbst sieht und sich selbst im Universum, erlangt Selbst-Erkenntnis. Wer das ganze Universum in sich selbst sieht, für den wird das Selbst zum Verursacher seiner Freuden und Schmerzen, und sonst niemand."[71]

Hier wird also dargelegt, dass der Mensch, der im kosmischen Bewusstsein lebt und die eigene Einheit und Verbundenheit mit anderen Wesen realisiert, alles im Einen Selbst erfährt und zum universellen Urheber aller eigenen Erfahrungen wird.

Ähnlich wie in der Bhagavad Gītā wird dann das Problem der Anhaftung durch Egoismus und Begehren erläutert, das zu leidvollen Identifizierungen mit äußeren Dingen führt. Die spirituelle Befreiung erfolgt mit Hilfe der Weisungen des Meisters, durch heilige Rituale, Studium der heiligen Schriften, maßvolles Leben, Gleichmut in allen Lebenslagen und Konzentration auf das höchste innere Selbst.

Die Sushruta-Samhitā

Die Caraka-Samhitā wurde schon um 800 ins Persische übersetzt, später ins Arabische. So wurde das in ihr enthaltene Wissen in vielen Ländern verbreitet.

Ein weiteres sehr wichtiges Werk der altindischen Medizin ist die *Sushruta-Samhitā*, die auch den Namen *Āyurvedaprakāsha* führt und wahrscheinlich auf das 3. Jh. zurückgeht. Der Arzt Sushruta behandelt darin Themen wie ärztliche Praxis, Pathologie, Anatomie, Therapie und Toxikologie. Auch die Chirurgie, die von Caraka fast gar

---

[71] *Caraka Samhitā,* op.cit., Vol. II, p. 480 (Shārirasthāna, V.7)

nicht berücksichtigt wird, erläutert er ausführlich. Ein Anhang befasst sich u.a. mit der Augenheilkunde. Gemäß Sushrutas Text wurde der Āyurveda von Indra dem vedischen König Divodāsa offenbart, auf dessen Lehre die Sushruta Samhitā beruhe.

Die Wirkung der Heilpflanzen

Wie schon erwähnt, sind Kräuter und Pflanzen ein wichtiges therapeutisches Mittel des Āyurveda. In ihnen liegt eines der Geheimnisse dieser Wissenschaft vom Leben. Die Āyurveda-Expertin Cynthia Nina Bohlen erklärt es wie folgt:

„Heilpflanzen haben ihr eigenes Schwingungsmuster, das wie eine Stimmgabel funktioniert. Unsere Zellen sind mit feinen Rezeptoren ausgestattet, die das gesunde Erinnerungsvermögen an Harmonie und Gesundheit mittels der Heilpflanzen wiederherstellen können. Intuitiv weiß unser Körper seine entsprechenden Rezeptoren auf eine sehr präzise Art und Weise zu aktivieren, um die Botschaft einer Pflanze zu entziffern... Die Pflanzen sind zur Heilung des Menschen gedacht. In ihnen ist das gesamte Wissen der Naturgesetze enthalten."[72]

---

[72] *Yoga aktuell*, 8/2001, S. 53

Die Sanskrit-Sprache

Die vielfältigen Aspekte der altindischen Sprache und Literatur werden umfassend erörtert in dem Buch „Erlebnis: Sanskrit-Sprache“. Im folgenden geben wir drei kurze Auszüge wieder.

Sanskrit und die europäischen Sprachen[73]

In der großen Familie der Sprachen der Welt gehört Sanskrit, das Altindische, zum indogermanischen oder indoeuropäischen Zweig und nimmt dort eine zentrale Position ein. Fast alle europäischen Sprachen gehören diesem Zweig an, mit einigen wenigen Ausnahmen wie Finnisch, Ungarisch und Baskisch. Demgegenüber sind z.B. Griechisch, Lateinisch, Englisch, Deutsch oder Russisch als ferne Verwandte des Altindischen zu betrachten. Sie alle gingen aus dem sogenannten Urindogermanischen hervor, das vor vielen tausend Jahren gesprochen wurde.

Aus dieser Ursprache entwickelten sich verschiedene Zweige wie das Keltische, Germanische, Italische, Griechische, Altindische, Iranische, Baltische und Slawische, die im Laufe der Zeit eine Reihe von Abkömmlingen hervorbrachten. So entstanden aus dem Slawischen u.a. Russisch, Polnisch und Tschechisch, aus dem Baltischen Lettisch und Litauisch, aus dem Germanischen Deutsch, Dänisch, Holländisch und Englisch. Die heutigen Sprachen Europas haben sich seit der Zeit eines gemeinsamen Ursprungs sehr weit fortentwickelt, aber es gibt dennoch in ihrem Vokabular eine Reihe von erkennbaren Wortverwandtschaften mit dem Sanskrit.

Bereits im 16. Jahrhundert entdeckte der Italiener Sassetti die Verwandtschaft zwischen ital. *dio* und Skrt. *deva* (Gott) und pries das Altindische als angenehme, wohlklingende Sprache. Im frühen

---

[73] Text: W. Huchzermeyer

18. Jahrhundert wies der deutsche Missionar Benjamin Schultze auf bemerkenswerte Ähnlichkeiten bei Zahlwörtern im Lateinischen, Deutschen und Sanskrit hin. William Jones, ein englischer Richter in Kalkutta, und der deutsche Linguist Franz Bopp stellten als erste Forscher systematische Untersuchungen über diese Affinitäten an. Die vergleichenden Studien konzentrierten sich damals insbesondere auf das Griechische und Lateinische, da diese Sprachen den Gelehrten jener Zeit bestens vertraut waren. Jones studierte Sanskrit während seines Aufenthalts in Indien und bemerkte große Ähnlichkeiten in Wörtern wie Skrt. *bhrātar* (Bruder), got. *brôthar*, griech. *phratêr* und lat. *frāter*. In einer Rede vor der Bengal Asiatic Society gab er 1786 seine Forschungsergebnisse bekannt. Zwei Jahre später schrieb er in einem Brief:

„Das Sanskrit, wie alt es auch sein mag, hat eine wunderbare Struktur, die noch vollkommener ist als die des Griechischen, umfangreicher als die des Lateinischen und viel feiner ausgestaltet als beide. Doch weist es mit beiden Sprachen eine zu große Ähnlichkeit auf - sowohl in den Wurzeln als auch in den grammatischen Formen -, als dass dies ein Zufall sein könnte. In der Tat sind diese Ähnlichkeiten so stark, dass kein Forscher diese Sprachen untersuchen könnte, ohne auf den Gedanken zu kommen, dass sie alle von einer gemeinsamen Ursprache herstammen, die vielleicht nicht mehr existiert. Es besteht auch ein Grund für die Annahme, obschon sie sich nicht so aufdrängt, dass sowohl Gotisch als auch Keltisch, obwohl mit einer anderen Sprache vermischt, den gleichen Ursprung haben wie Sanskrit.“

*

Sri Aurobindo über Schönheit und Qualität der Sanskrit-Literatur

Die alten, klassischen Schöpfungen der Sanskrit-Sprache stehen sowohl hinsichtlich ihrer Qualität als auch hinsichtlich des Umfangs und der Fülle hervorragender Werke, bezüglich ihrer Originalität, Kraft und Schönheit, ihrer Substanz, Kunst und Struktur, ihrer Erhabenheit, Trefflichkeit und dem Zauber ihrer Sprache sowie bezüglich der Höhe und Reichweite ihres Geistes offensichtlich in der vordersten Reihe der großen Literaturen der Welt. Ihre Sprache selbst ist, wie von kompetenten Kommentatoren allgemein anerkannt wurde, eines der vortrefflichsten, perfektesten und zulänglichen literarischen Mittel, die das menschliche Mental entwickelt hat, zugleich majestätisch, lieblich und flexibel, stark und klar geformt, vollständig klangvoll und subtil.

*

Schopenhauers Würdigung der Veden

... Die direkte Darstellung finden wir in den Veden, der Frucht der höchsten menschlichen Erkenntnis und Weisheit, deren Kern in den Upanischaden uns als das größte Geschenk dieses Jahrhunderts endlich zugekommen ist, auf mancherlei Weise ausgedrückt, besonders aber dadurch, dass vor den Blick des Lehrlings alle Wesen der Welt, lebende und leblose, der Reihe nach vorübergeführt werden und über jedes derselben jenes zur Formel gewordene... Wort ausgesprochen wird... „tat tvam asi“, welches heißt: „dies bist du“.

***

Jawaharlal Nehru über die Sanskrit-Sprache:

„Wenn man mich fragen würde, welches der größte Schatz ist, den Indien besitzt, und welches sein wertvollstes Erbgut, so würde ich ohne Zögern antworten - es ist die Sanskrit-Sprache und die Sanskrit-Literatur mit allem, was sie enthält.“[74]

[74] Zitiert aus *The Wonder that is Sanskrit.* (Siehe Literaturteil)

Literatur

Der vorliegende Literaturteil stellt eine kleine Auswahl wichtiger Veröffentlichungen vor. Detaillierte Informationen auch über fremdsprachliche Textausgaben gibt Klaus Mylius in seiner *Geschichte der altindischen Literatur* (Bern/München/Wien 1988, neu erschienen im Verlag Otto Harrassowitz im Jahr 2003). Literatur zur Sanskrit-Sprache unter edition-sawitri.de (Wilfried Huchzermeyer) und raja-verlag.de (Jutta Zimmermann).

*

Die Samhitās

Vollständige Übersetzungen liegen in englischer Sprache vor:

R.T.H. Griffith: *The Hymns of the Rig Veda.* 707 S.
Devi Chand: *The Samaveda.* 452 S.
Devi Chand: *The Yajurveda.* 374 S.
Devi Chand: *The Atharvaveda.* 939 S.

Sri Aurobindos Werk *Das Geheimnis des Veda* enthält zahlreiche Hymnen des Rig Veda in deutscher Übertragung. Das Buch beschäftigt sich nicht nur mit dem Inhalt des Rig Veda und dessen tieferer spiritueller Bedeutung, sondern erläutert auch ausführlich verschiedene Aspekte der Sanskrit-Sprache. Ein Essay im Anhang ist ganz dieser Thematik gewidmet.

Jutta Zimmermanns Titel *Rig-Veda: Impressionen aus dem Rigveda* ist eine Einführung in die symbolische und spirituelle Interpretation des Rig Veda. (Siehe auch Anzeigenteil, unten.)

Brāhmanas und Āranyakas

Übersetzungen der wichtigsten Texte liegen in englischer Sprache vor, einige wenige wurden - meist in Fachpublikationen - auch in deutscher Sprache veröffentlicht, z.B.: *Jaiminīya-Brāhmana in Auswahl,* deutsch von W. Caland, Akademie Amsterdam 1919.

Die Upanischaden

Der Indologe Paul Deussen gab bereits im Jahr 1905 *Sechzig Upanishad's des Veda* heraus (Neudruck: Bielefeld 1980). Viele weitere Texte und Studien sind in deutscher Sprache erschienen.

Die Bücher *Sri Aurobindo - Isha Upanishad, Kena Upanishad* enthalten den vollständigen Sanskrit-Text und eine deutsche Übersetzung sowie ausführliche Kommentare Sri Aurobindos.

Rudolf Fuchs und Margret Distelbarth haben in ihrem Titel *Umgang mit der Upanishad* eine Wort-für-Wort Übersetzung und Interpretation der Īsha Upanishad vorgelegt. Auf einer *Kassette zum Umgang mit der Upanishad* wird der Text zum Mitsprechen Zeile für Zeile in der Sanskrit-Sprache rezitiert.

Auf der Rückseite der MC befindet sich die Rezitation der *Mandukya Upanishad.* Letztere wurde als Buchtitel von Margret Distelbarth vorgelegt. Alfred Hillebrandts Buch *Upanishaden - Die Geheimlehre der Inder* enthält Textbeispiele aus drei Upanischaden und ein ausführliches Literaturverzeichnis.

Eine vielfältige Einführung bietet Jutta Zimmermanns CD *Vedische Mantras - Begegnung mit dem Yoga*, auf der die wichtigsten vedischen Mantras zum Mitchanten rezitiert werden. In einer Broschüre zur CD finden sich die Sanskrit-Texte, Übersetzungen, Anmerkungen zu den einzelnen Mantras sowie eine Übungsanleitung für das Sonnengebet Sūrya Namaskāra.

Jutta Zimmermanns Titel *Katha Upanishad Teil I* ermöglicht ein „Sanskrit-Lernen mit den Veden“.

Rāmāyana

Vollständige Übersetzungen liegen in englischer Sprache vor, u.a. von R.T.H. Griffith (Varanasi 1963) und Hari Prasad Shastri (London 1962-1970), deutsche Indologen haben einige Auszüge übersetzt. Lieferbar ist der Titel von Claudia Schmölders: *Ramayana -*

Die Geschichte des Prinzen Rama. Als wichtige indologische Studie gilt *H. Jacobi: Das Rāmāyana. Geschichte und Inhalt.* (Bonn 1893; Neudruck Bonn 1976) Eine Nacherzählung in einfacher Sprache ist Gitta Haselbachers Titel *Ramayana.*

Mahābhārata

Die bekannteste englische Gesamtübersetzung wurde von P.C. Roy herausgegeben und von K.M. Ganguli übersetzt (Kalkutta 1883-96).

J.A.B. van Buitenen hatte an der Universität von Chicago eine Gesamtausgabe in 7 Bänden geplant, doch konnten nur 3 Bände abgeschlossen werden, die sehr anspruchsvoll herausgegeben sind und sich hervorragend für Forschungszwecke eignen. Erfasst wird der Handlungsablauf bis zu Beginn der Kriegshandlungen: *The Mahābhārata,* 3 Vols. (Book I-V), Chicago 1973-78. Einige amerikanische Indologen arbeiten zur Zeit an einer Vollendung der Ausgabe.

Deutsche Gelehrte haben einzelne Teile und Episoden übersetzt sowie umfangreiche Kommentare geschrieben.

Eine vielgelesene Zusammenfassung von Biren Roy ist in deutscher Sprache lieferbar: *Mahabharata - Indiens großes Epos.* Gitta Haselbacher (*Mahabharata*) erzählt den Inhalt des Epos in einfacher Sprache.

Die Bhagavad Gītā

Zu diesem Text gibt es zahlreiche Titel auch in deutscher Sprache. Eine Einführung bieten Jutta Zimmermann und Wilfried Huchzermeyer in dem Buch *Erlebnis Bhagavad Gita,* wobei Inhalt, Bedeutung und Mahābhārata-Kontext der Gītā ausführlich erläutert werden. In dem Kapitel „Die Bhagavad Gītā als Dichtung" wird speziell auf die Sprache des Sanskrit-Textes Bezug genommen. Auf einer CD *Bhagavad Gita - Mitsingen und Chanten* singt Jutta Zimmermann in Begleitung von Tambura/Harmonium ausgewählte Passagen und das vierte Kapitel, das auch auf Deutsch vorgetragen wird.

Eine vielgelesene Übersetzung ist *Sri Aurobindo - Bhagavadgita.* Hier handelt es sich um eine freie Übertragung, die vor allem den spirituellen Inhalt herausarbeitet. In der deutschen Ausgabe des Verlags Hinder und Deelmann erscheint nur die Übersetzung ohne das Sanskrit-Original.

Vom selben Autor erschienen die *Essays über die Gita*, ein sehr umfangreicher Kommentar, der auf hohem intellektuellem Niveau geschrieben ist, aber nicht als akademische Abhandlung konzipiert wurde: „Wir nahen uns (der Gita), um von ihr Hilfe und Licht zu empfangen", schreibt Sri Aurobindo. Seine Absicht ist es, die Kernbotschaft des Textes zu offenbaren, welche der Menschheit auf ihrem spirituellen Weg hilft.

Bekannt ist ebenfalls die Ausgabe von Swami Sivananda mit Übersetzung und Kommentar (Mangalam Verlag). Hier sind die Originaltexte auch in Devanagari-Schrift und lateinischer Transkription abgedruckt. In seinen Kommentaren erläutert Sivananda den Inhalt der jeweiligen Verse und fügt bisweilen auch eigene Betrachtungen hinzu.

Die Purānas

Maßgebliche Ansätze für die akademische Purāna-Forschung wurden von dem Indologen Willibald Kirfel entwickelt, der auch zahlreiche Studien zu diesem Thema veröffentlichte, u.a. *Krishnas Jugendgeschichte in den Purānas* und *Das Purānapañcalakshana. Versuch einer Textgeschichte.* (1927).

Übersetzungen der wichtigsten Purānas liegen in englischer Sprache vor. In deutscher Sprache ist erhältlich: *Bhaktivedanta Prabhupada - Srimad Bhagavatam*. 12 Bände. Jeder Band enthält ca. 800 S.

Tantras

Wie schon erwähnt, wurde wichtige Forschungsarbeit in diesem Bereich von Sir John Woodroffe geleistet, der seine Bücher unter dem Pseudonym Arthur Avalon veröffentlichte. Der O.W. Barth Verlag hat einige Titel in deutscher Übertragung herausgebracht: *Die Girlande der Buchstaben - Studien über das Mantra-Shastra; Shakti und Shakta - Lehre und Ritual der Tantras; Die Schlangenkraft - Die*

Entfaltung schöpferischer Kräfte im Menschen. Zum zweiten Titel heißt es: „(Der Autor) führt uns in diesem Band in die Tiefen des indischen Tantra-Weges. Lehre und Praktiken des Tantra werden in allen Einzelheiten erläutert.“

Die philosophische Literatur

Ein Standardwerk der indischen Philosophie für Fachgelehrte schrieb Erich Frauwallner: *Geschichte der indischen Philosophie* (2 Bände - Salzburg 1953-56). Helmuth v. Glasenapps Titel *Die Philosophie der Inder* (Stuttgart 1985) richtete sich als Einführung an ein größeres Publikum.

Die Schriften Shankaras und Rāmānujas liegen in englischer Sprache vor, einzelne Titel auch auf deutsch, wie z.B. *Das Kronjuwel der Unterscheidung von Shankaracharya.*

Sānkhya

Eine sehr inspirierte und umfangreiche Erläuterung dieses Themas bieten Oscar Marcel Hinze und Theodora Hugentobler in dem Buch *Der Lichtweg des Samkhya* (Moos/Weiler 1996). Hier wird der Sānkhya-Weg als spiritueller Pfad anschaulich vorgestellt.

Das Buch *Raphael Meriden - Zen & Samkhya-Yoga* der Edition Vidya (z.Zt. nur noch antiquarisch erhältlich) erläutert ebenfalls in sehr lebendiger Weise Sānkhya-Themen und enthält auf S. 104-115 eine vollständige deutsche Übersetzung der Sānkhyakārikā des Ishvarakrishna.

Yogasūtra

Es gibt eine Vielzahl von Ausgaben mit vollständigen Übersetzungen in deutscher Sprache. Die vielgelesene Ausgabe des Raja Verlags mit der Übersetzung und dem Kommentar von Helmuth Maldoner wurde bereits erwähnt.[75]

---

[75] Siehe S. 86, Fußnote

Eine Wort-für-Wort-Übersetzung aus dem Sanskrit und ausführliche Erläuterungen enthält die Ausgabe von Sukdev Volker Bretz: *Die Yogaweisheit des Patañjali.* Marshall Govindans Titel *Die Kriya Yoga Sutras des Patañjali und der Siddhas* übersetzt und erläutert das Yogasūtra aus der Sicht eines Kriya-Yogis.

Die Hathapradīpikā

Eine wichtige englische und deutsche Ausgabe wurden bereits im betr. Kapitel benannt. Ferner sind z.Zt. zwei deutsche Ausgaben unter dem Titel *Hatha-Yoga Pradikpia* lieferbar (Swami Swatmarama, Yogi Hari).

Āyurveda

Eine englische Ausgabe der *Caraka Samhitā*[76] kann über die Fernleihe bezogen werden (Standort: Univ.-Bibl. Tübingen), z.Zt. auch bei Amazon.de. Zahlreiche Buchtitel über das Thema Āyurveda und dessen verschiedene Aspekte sind im Buchhandel erhältlich. Vasant Lad und David Frawley sind Autoren bekannter Standardwerke.

Die Sanskrit-Sprache

Eine vielgelesene Einführung ist der Titel *Erlebnis: Sanskrit-Sprache*, näheres über den Inhalt in der Anzeige am Ende des Buches.

Eine noch weiter vertiefende Erläuterung aller Aspekte der altindischen Sprache präsentieren die Autoren Sampad & Vijay in ihrem Titel *The Wonder that is Sanskrit* (zu beziehen über sanskrit.de). Das Buch ist nur auf Englisch erhältlich und erfordert Grundkenntnisse des Sanskrit, um den Inhalt angemessen würdigen zu können.

Eine Einführung in die Schrift bietet Jutta Marie Zimmermann in ihrer Broschüre *Sanskrit - Devanāgarī. Die Schrift aus der Stadt der Götter.* „Sorgfältig werden die Zeichen erklärt und Freude am 'Malen' der charaktervollen Buchstaben geweckt. Der Leser lernt Sans-

---

[76] Siehe S. 104, Fußnote

krit-Wörter, Mantras und Passagen aus den Veden in der klassischen Sanskrit-Schrift." Der 2. Teil, *Sanskrit Devavani*, führt anhand einfacher Texte in die Grammatik ein. Zum Kurs ist auch eine CD erhältlich (raja-verlag.de).

Weitere Literatur

Auch die zunehmend bekannte vedische Astrologie geht auf Sanskrit-Urtexte zurück. Standard-Einführungen sind die Bücher von Siebelt Meyer und Marcus Schmieke, *Das Große Handbuch der Vedischen Astrologie* bzw. *Vedische Astrologie in sieben Tagen.*

Glossar

A

adharma - Rechtlosigkeit. Siehe *dharma.*

advaita - Monismus, „Nicht-Zweiheit“, *a-dvaita.* Der Monismus lehrt, dass alles Seiende letztlich auf ein einheitliches Prinzip zurückzuführen sei.

ānanda - spirituelle Freude, Glückseligkeit

āranyakas - vedische Schriften, die sich an die *brāhmanas* anschließen und für die Lektüre von Einsiedlern im Wald *(aranya)* bestimmt sind.

āsana - Sitzhaltung, Körperstellung

Aurobindo, Sri - Schöpfer des Integralyoga (1872-1950), lebte und wirkte in Pondicherry, Südostindien. Trat für einen weltbejahenden Yoga der Transformation ein. Hauptwerke: *Savitri, Das Göttliche Leben, Synthese des Yoga.*

ātman - das spirituelle Selbst des Menschen, die ewige und unvergängliche Seele

avatāra - Herabkunft oder Inkarnation des Göttlichen auf Erden

āyurveda - das „Wissen vom Leben“. Die altindische medizinische Wissenschaft und Heilkunst.

B

bhagavad gītā - der „Gesang des Erhabenen“ oder das „Lied Gottes“. Spirituelles Lehrgedicht, das in Form eines Dialogs zwischen Krishna und Arjuna den dreifachen Yoga-Weg der Erkenntnis, der Gottesliebe und der Werke darlegt.

bhakti - Gottesliebe, Anbetung, Verehrung

brahmā - der Schöpfergott, der das Universum hervorbringt. Wirkt in einer Trinität mit *Vishnu* und *Shiva.*

brahman - das alldurchdringende, ewige und absolute göttliche Wesen *brāhmana* - vedische Texte, die eine Anleitung zum praktischen Gebrauch der Verse und Sprüche in den *samhitās* enthalten, zudem auch viele weitere Erklärungen und Erläuterungen.

brahmasūtra - siehe *vedāntasūtra*

C

Caitanya - bedeutender bengalischer Yogi und Mystiker (1485-1534), Begründer eines intensiven Bhakti-Yoga. Wird von den Vishnuiten als Teilinkarnation Krishnas verehrt.

cakra, chakra – wörtl. Rad, Kreis. Feinstoffliche Energiezentren im Subtilkörper. Sechs der sieben Cakras werden (entlang der Wirbelsäule) im physischen Körper visualisiert, gehören jedoch einer anderen Ebene an, die mit der körperlichen korreliert. Das siebte Cakra liegt über dem Scheitelpunkt des Kopfes.

citta - der Geist, die Bewusstseinskraft in ihren verschiedenen Funktionen wie Denken, Fühlen, Wollen.

D

darshana - wörtlich Sehen, Schauen, Lehren. Gemeint ist meist das Sehen eines Heiligen (Darshan). Aber dieser Begriff bezeichnet auch die sechs klassischen Philosophiesysteme Indiens, *shaddarshana*.

dharma - Recht, Gesetz, Ordnung, Moralkodex. Der Dharma im spirituellen Sinne ist die rechte Lebensweise im Einklang mit den heiligen Schriften. Deren Nichtbefolgung ist *adharma*.

dhyāna - Meditation

G

gopīs - Hirtinnen; die Verehrerinnen Krishnas in Vrindāvan, wo er seine Kindheit und Jugend verbrachte.

guna - Eigenschaft, Zustandsform der *prakriti*. Siehe auch *sattva, rajas* und *tamas*.

H

hatha yoga - „Yoga der Kraft", ursprünglich Technik des *Rāja Yoga*des Patañjali. Die wichtigsten Praktiken des Hatha-Yoga sind *āsana* und *prānāyāma*.

I

īshvara - Gott in seiner persönlichen Gestalt, die der Mensch in Anbetung verehrt.

J

Jainismus - von Mahāvīra begründete indische Religion, die nicht an eine Existenz Gottes glaubt, aber an eine Göttlichkeit, die jeder Seele innewohnt, und an hochentwickelte, vollkommene Wesen.

jñāna - Wissen, spirituelle Erkenntnis. jñāna-yoga ist der Weg der Erkenntnis.

K

karma - Handlung, Werke, das Resultat der Werke. karma-yoga ist der Weg der Werke.

kundalinī - wörtl. Schlange, Windung. Die kosmische Energie, die - wie eine Schlange - an der Basis der Wirbelsäule aufgerollt ist und bei Erweckung durch die *cakras* aufsteigt.

M

mahābhārata - das große Epos des Vyāsa, in dem vom Kampf der Nachkommen des Bharata berichtet wird. Auch die *bhagavad gītā* ist Teil dieses Werkes.

mantra - kraftgeladenes Wort oder heilige Formel.

māyā - die Kraft der Illusion, die Unwirkliches als wirklich und Vergängliches als ewig erscheinen lässt.

mudrā - Handgeste; Körperhaltung; Übungstechnik im *hatha yoga*.

N

nāda - der innere, mystische Ton; der uranfängliche kosmische Klang

nādī - feinstofflicher Nervenkanal, in dem das *prāna* fließt.

O

om - heilige Silbe, Urlaut des Absoluten. Auch *pranava* genannt.

P

Patañjali - Autor des *yogasūtra,* Begründer des Systems des *rāja yoga.*

prakriti - Materie, Urnatur, stoffliches Grundprinzip

prānāyāma - Regelung und Lenkung der Energie und Lebenskraft (*prāna*) durch Atem-Techniken.

purāna - epische Schriften mit Götterlegenden, deren Mythologien noch heute für viele Hindus von großer Bedeutung sind.

purusha - Geist, Geistmonade, Spirit. *purusha* und *prakriti* sind zwei Grundprinzipien im *sānkhya.*

R

rāja yoga - der „königliche" Yoga, der achtfache Weg des Patañjali, dargelegt im *yogasūtra.* Die Bezeichnung *rāja yoga* wurde erst lange nach Patañjali geprägt.

Rāmakrishna - herausragende spirituelle Persönlichkeit des 19. Jhs. (1836-1886), wird von vielen Indern als Avatar verehrt.

rajas - einer der drei *gunas. rajas* steht für Leidenschaft, Tätigkeit, Aktivität.

Rāmānuja - ca. 1055-1137. Bekannter Philosoph und vishnuitischer Heiliger Südindiens, Begründer des *vishishtādvaita-vedānta,* eines qualifizierten Monismus.

rāmāyana - das älteste Epos der Sanskrit-Literatur, verfasst von dem legendären Vālmīki. In 24.000 Doppelversen wird vom Leben des Helden Rāma und seiner Frau Sītā berichtet, die vom Dämonen Rāvana entführt wird.

rishi - Seher, Weiser, Autor heiliger Schriften

S

samādhi - tiefste Meditation, Versenkung, Ekstase. Einswerden des Bewusstseins des Yogis mit dem kosmischen Bewusstsein.

samhitā - wörtlich „Sammlung". Bezeichnet die Lieder und Opfersprüche, die in vedischen Schriften gesammelt sind, z.B. die *samhitā* des Rigveda.

sānkhya - wörtlich „Aufzählung", weil fünfundzwanzig *tattvas* oder Grundkategorien der kosmischen Evolution aufgezählt werden.

Eines der sechs klassischen indischen Philosophiesysteme, der Legende nach von Kapila begründet.

sanskrit - eigentlich *samskrita*, „zusammengesetzt", „vollendet". Bezeichnung für die klassische altindische Sprache. In ihr sind Klang und Bedeutung oft miteinander verknüpft, woraus die hohe mantrische Kraft dieser Sprache resultiert.

sattva - eines der drei *gunas,* Prinzip der Harmonie und Ausgeglichenheit

sāvitrī - „Lichtstrahl"; Name eines heiligen Verses des Rig Veda, der auch als *gāyatrī* bekannt ist. Im *Mahābhārata* Name der Gemahlin von Satyavān. Sri Aurobindo benannte nach ihr sein Hauptwerk *Savitri.*

Shankara - auch Shankarāchārya, 788-820. *shankara* bedeutet „heilbringend", *ācārya* „spiritueller Lehrer". Einer der größten Philosophen Indiens, Hauptvertreter des *advaitavedānta.*

shaddarshana - die sechs *darshanas.*

Shiva - „gütig", „segensreich". Gott der Wandlung, Auflösung und Zerstörung (z.B. der Unwissenheit)

siddha - vollendeter Yogi

Swāmi Vivekānanda - berühmter Schüler (1863-1902) Rāmakrishnas, brachte Ende des 19. Jhs. als erster Yoga in den Westen, insbesondere nach Amerika.

T

tamas - eines der drei *gunas*, Prinzip der Trägheit und Dunkelheit

tantra - System, Methode; mystische Schriften, oft in Form eines Dialogs zwischen Shiva und seiner Gefährtin Durgā, in denen u.a. die Mantra-Wissenschaft und die Erweckung der Kundalinī erörtert wird.

U

upanishad - abgeleitet von *upa-ni-sad*, „nahe sitzen bei". Dies bedeutet, in der Nähe des Gurus zu sitzen, um seine Unterweisung zu empfangen. Die Upanischaden befassen sich mit dem Wesen des Menschen und des Universums wie auch insbesondere der Vereinigung von *ātman* und *brahman.*

V

veda - das göttliche „Wissen“, das den Rishis offenbart wurde. Die ältesten heiligen Schriften der Inder.

vedānta - das Ende (*anta*) oder die Essenz des Veda. Bezeichnet die Upanischaden und die spirituellen Lehren, die sich auf sie gründen, wie auch die Bhagavad Gītā.

vedāntasūtra - auch *brahmasūtra* genannt. Aphorismensammlung des Bādarāyana, welche eine wichtige Grundlage der Vedānta-Philosophie bildet.

Vishnu - in der Trinität *Brahmā*, *Vishnu*, *Shiva* der Erhalter der Schöpfung, der allgegenwärtig ist. Den Vaishnavas gilt er als der höchste Herr.

Y

yoga - von der Wurzel *yuj*, verbinden, vereinigen. Gemeint ist die Vereinigung des persönlichen Bewusstseins und Willens mit dem Göttlichen.

yogasūtra - *sūtra* bedeutet im Sanskrit „Faden“ oder „Leitfaden“ und bezeichnet eine kurze Regel oder einen Aphorismus. Daher „Yoga-Aphorismen“ oder „Leitfaden des Yoga“. Dieser Begriff steht für Patañjalis klassisches Werk über den Yoga.

Personen- und Sachregister

edition sawitri – W. Huchzermeyer

www.edition-sawitri.de

Titel von Wilfried Huchzermeyer:

Das Yoga-Wörterbuch. Sanskrit-Begriffe – Übungsstile – Biographien
251 S.,
Das vorliegende Wörterbuch enthält ca. 1500 ausgesuchte Begriffe des Fachvokabulars einschließlich 180 Asanas in Wort-für-Wort-Übersetzung und darüber hinaus eine Reihe relevanter deutscher Stichwörter. Zudem werden 30 bekannte Yoginis und Yogis vorgestellt und die wichtigsten Übungsstile des 20. und 21. Jhs. beschrieben.

Das Yoga-Lexikon. Sanskrit – Asanas – Biografien – Hinduismus – Mythologie
388 S., mit 36. Abb.
Eine erweiterte Version des Yoga-Wörterbuchs, mit 2000 Artikeln, 70 Biografien und 40 Übungsstilen sowie 190 Asanas in Wort-für-Wort-Übersetzung. Als erstes Nachschlagewerk dieser Art enthält das Lexikon auch ein spirituelles Wörterbuch Deutsch – Sanskrit sowie 120 wichtige Sanskrit-Begriffe in indischer Devanagari-Schrift.

Studies in the Mahabharata. Indian Culture, Dharma and Spirituality in the Great Epic. With many original Sanskrit-Texts
192 S.
Eine umfangreiche Studie über die wichtigsten Aspekte des Epos, basierend auf einer Dissertation. Viele Zitate werden zweisprachig Sanskrit-Englisch wiedergegeben. Der Hauptteil enthält zahlreiche Yogi-Biographien, teils noch wesentlich ausführlicher als im vorliegenden Titel.

Das Geheimnis der Mantra-Kraft
140 S.
Mit Beiträgen von 14 bekannten AutorInnen über Nada Brahma, Mantra-Praxis, Das Mantra als Urlaut, Sanskrit-Chanten, Die Wirksamkeit des Mantras, Mantra und Heilung, das Mantra Om, u.v.a. Themen.

Erlebnis Bhagavad Gita
138 S., mit 21 Illustrationen
Ein Indologe und eine Yoga-Lehrerin-Künstlerin ergründen sehr anschaulich Inhalt, Bedeutung und Mahabharata-Kontext der Bhagavad Gita.

Yoga Abenteuer Meditation
130 S.
Eine Auswahl von zeitlosen Artikeln aus führenden internationalen Yoga-Zeitschriften: Besuch in Thich Nhat Hanhs Plum Village; Interview mit B.K.S. Iyengar; Gespräch über Paramahansa Yogananda; Texte von Dalai Lama und A. Cohen.

Sri Aurobindo – Leben und Werk
305 S., mit 40 s/w. und Farbabb.
Sri Aurobindos Lebensweg und seine wichtigsten Werke werden umfassend und detailliert vorgestellt.

Weitere Titel:

Gitta Kistenmacher: ***Pranayama. Die Atemschule des Hatha-Yoga.***
Übungsbegleiter zum tieferen Verständnis der Pranayama-Praxis.
160 S., mit 100 Abb.

Swami Vivekananda: ***Yogasutra. Mit Sanskrit-Text, Übersetzung und Kommentar.***
Ein Auszug aus Vivekanandas Titel „Raja Yoga", neu übersetzt und herausgegeben von Wilfried Huchzermeyer.
121 S.

Versandtitel:

Jutta Zimmermann: Rig-Veda: Impressionen aus dem Rigveda, Hymnen der Seher und Weisen. 91 S., DIN A4, Eur 19,80. Audio-CD zum Buch Eur 18,00
Eine Einführung in die symbolische und spirituelle Interpretation des Rig Veda, mit vielen Übersetzungen in poetischer Sprache.

Ausführliche Leseproben auf unserer Website.